ぼくをダメに

姉さんたち

マドンナメイト文庫

ぼくをダメにするエッチなお姉さんたち

竹内けん

目次

contents

第一章　清楚な女教師の妖しい悪戯

「多喜子《たきこ》お姉ちゃん、ぼくもう行くよー。いい加減に起きたほうがいいと思うよ」

冨永《とみなが》家の朝は早い。

共働きの両親の出勤を見送った冨永啓太《けいた》は、六月の心地よい陽射《ひざ》しの入る玄関で靴を履いてから振り返り、声を張り上げた。

啓太は、もうすぐ十二歳になる小学六年生だ。

この年齢の男子としては、中肉中背だろう。

六年間使ったランドセルは小さくなっており、片方だけ肩にかけている。

「啓太は、朝から元気ね〜」

チリチリに丸まったソバージュのかかったセミロングの髪をボサボサに爆発させたお姉さんが、片頭痛《へんずつう》がするといいたげな顔でヨタヨタと階段を降りてきた。

ノースリーブのシャツとホットパンツという、いかにも寝起きといった服装である。おそらく名のあるブランドのお洒落《しゃれ》なシャツの裾は捲《まく》れて、すっきりした腹とまん丸い臍《へそ》が覗いている。根本近くから晒《さら》された手足はスラリと長い。その大胆に露出した肌は、綺麗な飴《あめ》色に日焼けしていた。

しかめっ面《つら》の酷《ひど》い表情だが、土台のほうはかなり整っている。細面《ほそおもて》で、鼻筋が通り、口が大きい美人顔だ。女性にしては背が高く、すっきりと細身なのに骨太そうで、肩幅はしっかりしていて、胸部のお肉も前方に飛び出している。ファッションモデルのようなスレンダー体型だった。

「またクラブで飲みまくったの？　いいかげんにしたほうがいいよ。お父さんも心配していたし」

「よけいなお世話よ。あたしはもう内定とったし、卒業するまで遊びまくっていいの」

冨永多喜子。啓太は「多喜子お姉ちゃん」と呼んでいるが、正確には姉ではなく、叔母だ。

啓太の父親の妹にあたる。年齢は二十一歳。二見《ふたみ》大学に通う女子大生だ。

この家は、啓太の祖父が建てたもので、多喜子にとっても実家に当たる。

ちなみに啓太の祖父は幼少期に、祖母は去年なくなった。けっこうな遺産が、多喜子にもわたったらしい。

就職活動も順調で、なんでもＩＴ系の会社の内定をもらった。おかげで、もう真面目に勉強する気がないらしい。

連日、夜遅くまで遊びまわっている。

わかりやすく言うと、パリピでリア充なイケイケお姉さんだ。

啓太にとって、生まれたときから同じ家にいる多喜子は、叔母というよりも姉。姉というよりも遊び友だちという感覚が強い。

公言するのは憚《はばか》られるが、初恋の人である。

「規則正しい生活をしないと、社会人としてやっていけないよ」

十歳近くも年下の甥っ子に説教されて、多喜子は大きな目を剝《む》きマジマジと見下ろす。

「啓太、あんた、こまっしゃくれたことを言うようになったわね。そういうかわいげのないやつはこうしてくれる。そーれ、こちょこちょこちょ」

玄関に立つ啓太に背中を向けさせた多喜子は、脇の下をくすぐりだした。

「あはは、やめろよ〜。学校遅刻するって、あはははは」

小学生の啓太よりも、女子大生の多喜子のほうが背は高く、手足も長いので逃れるのは至難《しなん》の業《わざ》だ。

いや、真剣に逃げようと思えばできるのだろうが、啓太は真剣に逃げようとはしなかった。

理屈ではなく、多喜子には逆らい難《がた》いものを感じているのだ。頭の後ろに多喜子の大きな乳房が当たっているのも、原因かもしれない。

「どうだ、参ったか？」

涙が出るほど笑わされた啓太は、ようやく解放される。

「もう、時間ないのに。それじゃ、いってきまーす」

「ほぉ〜い、車に気をつけな」

綺麗な叔母に見送られて自宅を出ると、玄関の門の前で赤いランドセルを背負った少女に出迎えられた。

「啓太くん、おはよう」

「華帆《かほ》ちゃん、おはよう」

牧野《まきの》華帆。隣の家の少女で、十二歳。啓太と同じ小学校の六年生だ。つまり、幼馴染みである。

同じ学校に通っているのだから、登下校をともにするのは暗黙のお約束となっていた。

前頭葉には灰色のカチューシャをつけて、艶やかな黒髪は、腰に届くほどに長い。服装は白い丸襟の付いた灰色のワンピースで、足元は白いソックスに、エナメルの黒い靴。

まるで、「ザ・お嬢様」と題した絵画から飛び出してきたかのようだ。

身長は啓太よりも若干低い。昨年まで華帆のほうが高かったのだが、今年なんとか逆転した。

これからは男子のほうがぐんぐん伸びるから、差は広がることはあっても再逆転はしないと大人たちに太鼓判を押されている。

目が大きくて、お人形のような顔立ちをしたかなりの美少女だ。いや、少なくとも啓太の見知っている同世代の少女の中では群を抜いた美貌《びぼう》であった。

それでいて、性格はおとなしく優しい。

そのため華帆とよくいる啓太は、同級生に羨《うらや》ましがられる。

「啓太ちゃん、おはよう」

別の方向からも挨拶を受けた。

体ごと振り返ると、隣の家。すなわち、華帆の家の庭で、濃紺のシックなサマードレスを着た色白なおばさんが、芝生に水を巻きながらこちらを見ていた。

華帆の母親だ。

牧野亜矢《あや》。年齢は三十四歳。

「お、おはようございます」

幼馴染みの母親の姿を見た啓太は一瞬、ドキッとした。

啓太は、この隣のおばさんが少し苦手だ。べつに叱られたという経験はない。

透けるような色白の肌が印象的で、柔和《にゅうわ》な笑みを常にたたえた、優しい人だ。

艶のある美しい黒髪を、緑の黒髪と言うのだそうだが、亜矢の髪はまさにそれだ。翠髪《すいはつ》である。

ワンピース越しにもわかるほどに、大きな乳房をしているのに、飾りベルトで締められた腹部はくびれて、臀部は大きい。なんとも凹凸《おうとつ》に恵まれた上品で優艶な淑女《しゅくじょ》だ。

さすがは華帆のお母さんと納得するものがある。

華帆も将来はこういう美人になるのだろう、と啓太でも予想ができた。

ただ見ているとドキドキして、頬が紅潮《こうちょう》してしまう。

自分の体調変化の理由が、啓太にはわからずもどかしい。もし大人であったなら、色気にあてられたのだ、と説明したことだろう。

つまり、性的にまったく目覚めていない小学生をも意識させるほどに、滴《したた》るような色気のあるオバサンなのである。

「今日も華帆のこと、よろしく頼むわね」

「は、はい」

直立不動になる啓太に、亜矢は柔和に笑う。

「気をつけていってらっしゃい」

呆然としている啓太を、華帆が促《うなが》す。

「行きましょう」

「うん」

啓太と華帆は並んで通学路を歩いた。

ランドセルを背負った少年少女が仲よく歩く。それはだれが見ても心洗われるような平和な光景だ。

道行く人々はみな目を細めて見送る。

「そういえば、華帆ちゃん、昨日、ピアノコンクールで優勝したんだって、おめでとう」

「ありがとう。たまたまだよ。それにただの地方大会だし、コンクールというほどのものじゃないわ」

華帆は謙遜《けんそん》するが、小学校に上がる前からピアノを習っていた。

その筋では、かなりの評判の腕前らしい。学校でも、終業式の校歌斉唱のとき、先生に頼まれて伴奏《ばんそう》をしていたことがあったほどだ。

「いや、優勝だし、すごいよ。また華帆のファンクラブの連中にやっかまれるなぁ」

「もう、あの子たちはふざけているだけよ」

華帆の美少女ぶりに魅せられたクラスメイトの男子たちが、「華帆ちゃんファンクラブ」なるものを結成しているのだ。

小学生のやることだし、せいぜいライングループでやり取りするだけの、ごっこ遊びである。

とはいえ、小学生のコミュニティである塾などでも知れ渡り、評判の美少女を生で一目見ようと、わざわざ他校の生徒がやってくることもある。

そんな華帆とよくつるんでいる啓太は、「華帆ちゃんファンクラブ」の男子たちから見ると、目の仇《かたき》というわけだ。

「ああ、でも、ぼく、華帆ちゃんのピアノ好きだよ。聞いていると気持ちいい」

「そ、そう……。啓太くんにそう言ってもらえるのは嬉しい」

そんな雑談をしながら小学校の門をくぐった。

＊

「おはようございます」

啓太と華帆が教室に入り、友だちと雑談していると、予鈴《よれい》が鳴り、色素の薄い髪を後頭部でひっつめにして、縁《ふち》なし眼鏡をかけ、薄黄色のブラウスに若草色のカーディガンを羽織り、淡《あわ》いベージュのロングスカートを履いた大人の女性が入ってきた。

クラス担任の鳥居紀子《とりいのりこ》だ。

二十四歳の独身。普通に綺麗な先生である。

ただし、啓太の叔母である多喜子のような衆目《しゅうもく》を集める華やかな美貌も、華帆の母親の亜矢ほどのしっとりとした身震いのするような色気もない。

おそらくどこの学校にでもいる。平凡な若い女教師だろう。

身長は成人女性としては平均的だろうが、体重は少し軽いかもしれない。ほっそりとなで肩で幸薄《さち》そうな雰囲気があり、少し気弱そうだ。

そのため、悪ガキたちのスカートめくりの被害にあうことも多いらしい。

「もう、やめなさい」

と困った顔でたしなめるだけで、あまり怒らないのだ。

もちろん、啓太はやったことはなかった。

正直、スカートめくりのなにが楽しいのかよくわからないのだ。

「起立、礼、着席」

学級委員の啓太が音頭《おんど》を取ると、クラス全員がそれに従う。

「きょ、今日も元気にがんばりましょうね」

「は〜い」

元気な生徒たちの群れを前に、紀子は少しおどおどしている。

そんな態度を見ていると、子供の目線ながら、「この先生、大丈夫か？」と不安になる。

クラス委員長として、自分がしっかりしないと、学級崩壊《ほうかい》を起こすのではないかという使命感に燃えて、できるだけ先生の手助けをするように心がけていた。

おかげで紀子のほうも、啓太を頼りにしているようで、なにかというとご指名してくる。

その日の放課後も、紀子に仕事を頼まれた。

「冨永くん、手伝ってくれる？」

「はい。いいですよ」

言われた書類の束を、資料室にまで運ぶ。

「いつもありがとうね」

書類を手渡すとき、紀子の指と啓太の指が軽く触れる。

いつものことだ。

紀子は、啓太と二人っきりのとき、ボディタッチが多い。

肩に触れたり、お尻に触ってきたり、後ろから抱きついてきて、胸を背中に押し付けてきたこともある。

それは親近感の表れなのだろう。啓太は気にも留《と》めていなかった。

「あとは、これをあそこに置くだけね。冨永くん、脚立《きゃたつ》を押さえていてくれる？」

「あ、はい。でも、ぼくがやろうか？」

「生徒に危ないことはさせられないわ」

そう言って紀子は、書類の入った段ボールを持つと、ヨタヨタと脚立を登っていった。

(危なっかしいな。やっぱりぼくがやったほうが)

脚立を押さえながら啓太は、半透明の白いパンストに包まれた足を目の前に見ることになった。

力強さの感じられないほっそりとした脚だ。しかし、近くで見ると、足首こそ細いものの、脹脛《ふくらはぎ》は意外とむっちりとして、太腿も太かった。さすがは大人の女の脚といったところだろうか、凹凸の曲線が滑《なめ》らかで美しい。

(先生の脚って綺麗。ツヤツヤしている。あ、これはパンストとかいうやつのせいか)

少なくとも啓太の同級生の女子の脚とは、まったくの別物と感じる。

華帆が美少女であることは万人が認めるところだが、その脚に魅せられたことはない。

意外な美脚に魅せられて、思わず舐めるようにして見上げると、脚立を上がるために足を開いたせいだろう。ベージュのロングスカートが捲れて、太腿のかなり深いところまで露出している。

というか、お尻が丸出しだった。

おかげで半透明のパンスト越しに黄色のパンティが見える。

「……っ」

見てはいけないものを見てしまった気になった啓太は、慌てて目を反《そ》らすが、磁力にでも引き寄せられるように視線が誘導される。

(うわ、鳥居先生、意外と派手なパンティ穿《は》いているんだな。それに尻がプリンとしていて、柔らかそう)

これぞ大人の女性の臀部というものだろう。

啓太はスカートめくりを楽しむ趣味は持っていなかったが、このお尻を見るためならば、スカートめくりをするのもありだな、と少し思った。

「うふふ……」

お気に入りの教え子に下半身を覗かれている女教師の口元に満足げな笑みが浮かぶ。

(き、気づかれた。あれ……、でも、先生、わざと見せている?)

一瞬、そんな疑惑が啓太の脳裏に浮かんだが、すぐに気のせいだと思う。紀子がわざとスカートの中を見せてくる理由が、啓太にはまったく想像がつかなかったからだ。

パンティを晒しながらもヨタヨタと仕事を終えた女教師が、脚立を降りてきた。

「ふぅ、終わったわ」

「お疲れ様」

啓太が労《ねぎら》うと、紀子はふらふらと移動して近くにあった長机に軽く腰をかけた。

そして、紅潮した顔で胸元に手を伸ばす。

「ふぅ、少し汗をかいちゃった」

紀子は薄黄色のブラウスの胸元のボタンを外した。

胸の深い谷間が見える。

黄色のブラジャーもチラリと見えた。

紀子は啓太と二人っきりになると、暑いと称して胸元のボタンを一つ二つ外すことが多い。

啓太は慌てて視線を逸《そ》らす。パンティのときと同様、なぜかは知らないが、本能的に見てはいけないもののような気がするのだ。

「……」

視線の持って行き場に困っている少年の前で、女教師はブラウスのボタンをすべて外してしまった。

「冨永くん、いつもありがとうね。先生、とっても助かっちゃっている」

「いえ、クラス委員長として当然のことです」

なぜ先生は、ブラウスを開いたのだろう。理由はわからないが、啓太は頬が火照《ほて》り、胸がドキドキした。

「お礼しないとね」

「べつに、いいよ」

ふだんは地味な女教師が、妖《あや》しく笑う。

「うふふ、遠慮しないで。冨永くん、さっきわたしのスカートの中を覗いていたでしょ？」

「え、いや、それは……あの、わざとではないというか、ご、ごめんなさい」

「うふふ、謝らなくていいわ。冨永くんが見たいなら、わたしのスカートの中ぐらいいくらでも見せてあげる」

そう言って長机の端に腰をかけていた紀子は、両手でベージュのロングスカートの裾を摑むと、ゆっくりとたくし上げていった。

（え？　なに、先生、なにをやっているの？）

驚く啓太の前で、二本の脚が足首から脹脛、膝小僧、太腿、そして、股間まで露出する。

若干、蟹股《がにまた》開きとなった両足は半透明の白いパンストに包まれて、ツヤツヤと輝いていた。そして、黄色のパンティが透けて見える。

「男の子って、やっぱりスカートの中が気になるんでしょ。冨永くんが望むなら、いくらでも見せてあげるわよ」

「そ、そんな、ぼく、べつに……」

ふだんは真面目というか、地味な女教師が豪快にスカートをたくし上げている。中身が気にならないわけではないが、見てはいけないもののような気がして、啓太は必死に顔を背《そむ》けた。

「もう、遠慮しないでいいのに」

ため息をついた紀子はスカートから手を離す。

ふわりとスカートは元に戻り、女教師は長椅子から腰を離した。そして、立ち尽くす教え子にゆっくりと間合いを詰める。

「せ、先生……」

蛇に睨《にら》まれた蛙のように体が動かない啓太の前に立った紀子は、細い両腕を伸ばし背中を抱き寄せた。

ぱふっ！

啓太の顔が、ちょうど紀子の胸の高さになる。

開いたブラウスの中に入った顔が、黄色のブラジャーに包まれた白い双丘の谷間に埋まった。

「っ⁉」

左右の頬に柔らかい肉の感覚。同時に鼻腔に、甘い大人の体臭が満たす。

ぎゅっと背中を抱きしめられて、啓太の前面と紀子の前面がぴっちりとくっつく。

「なにを⁉」

驚く啓太は柔らか肉の谷間からなんとか顔を上げる。

紀子と目があった。

眼鏡のレンズ越しに見える女教師の瞳が、グルグルと渦巻いているように見える。瞳孔《どうこう》が開いているというのだろうか。普通ではない表情だ。

怖いと思った。

金縛りに合う少年の顔を両手で挟んだ成人女性は、白い頬を紅潮させながら囁《ささや》く。

「冨永くん、これはわたしからの日ごろの感謝の気持ちよ」

眼鏡をかけたいたって地味な顔がアップとなり、薄い唇の塗られた唇が、啓太の唇を塞《ふさ》いだ。

「っ!?」

ムチュッと唇同士が重なっている。

(え、なにこれ!?)

啓太が呆然としているうちに、紀子の唇が開き、舌が出て、啓太の唇を舐めまわす。だけではなく、狭間《はざま》に強引に入ってきた。

前歯を舐められ、歯茎を舐められ、さらに歯並の中に入ってきて、上顎を舐められ、舌を搦《から》め取られた。

「うむ、うむ、うむ……」

紀子は鼻を鳴らしながら、夢中になって啓太の舌をしゃぶる。

(どういうこと?)

啓太が硬直しているうちに、その口内をすべて舐めまわした紀子は、唇を離した。

大人の女性の唇と、年端もいかない少年の唇の間に濃厚な唾液の糸が引き、プツリと切れる。

舌なめずりをしてから紀子は、うっとりとした表情で優しく語りかける。

「うふふ、当然、初めてよね。冨永くんのファーストキス、わたしがもらっちゃった」

「……」

嬉しそうな紀子とは逆に、啓太には言葉の意味がわからなかった。

(ファーストキスってなに？)

啓太は呆然と聞き流す。

「これが、お礼？」

「いいえ、この程度では、わたしの冨永くんへの感謝の気持ちは収まらないわ」

啓太の顔から手を離した紀子は、頬を染め照れたようなそれでいてどこか得意げな表情で、半開きの薄黄色のブラウスの中に指を入れると、黄色のブラジャーのカップの中央に親指をかける。

「わたしね。教師の仕事がつらくて、もうやめたかったの。みんな悪戯《いたずら》ばかりで、わたしの言うことなんて聞いてくれないし……でも、冨永くんのおかげで、なんとか続けていく自信がもてたわ。こんなことでお礼になるかわからないけど」

そう言って紀子はブラジャーをぐいっとたくし上げた。

「せ、先生っ!?」

驚愕する啓太の視界に、白い双乳が露《あらわ》となった。

細身の体型に相応《ふさわ》しく、それほど大きいというほどではなかったが、成人女性である。しっかりと山になって盛り上がっていた。

しかしながら、垂直に突き出すというよりも、その重量ゆえに重力に引かれて若干垂れており、頂《いただき》のピンク色の乳首だけがツンと上を向いている。

教え子の前で胸元をはだけた女教師は、頬を染めた含羞《がんしゅう》を噛みしめた表情で顔を背けた。

「わたしのおっぱい、冨永くんの好きなように触っていいわよ」

「え、でも……」

紀子の乳房はとても綺麗だとは思った。しかし、白桃のようで触った潰れてしまうような気がして、躊躇《ためら》われる。

戸惑う啓太に、紀子は詰め寄った。

「わたし、男の人って苦手で、おっぱいを触らせるなんて考えただけでも耐えられないだけど……冨永くんになら耐えられるというか、触られたいと思っていたの。冨永くん、わたしのおっぱいに興味ない？　やっぱり年上の女はイヤ？」

「いや、そんなこと言われても……」

まだ恋愛にまったく興味のない十一歳の小学生である。二十四歳の女教師を恋愛対象として考えたことがあるはずがない。

戸惑う啓太を前にして、紀子は焦《じ》れた。

「ほら、遠慮しないで。このおっぱいは、冨永くんのものよ」

そう言って啓太の両手首を取った紀子は、自らの双乳に添えさせた。

「っ⁉」

「どお、先生のおっぱいを触った感想は？」

「柔らかいです」

啓太としては、そうとしか言えなかった。

紀子の肌は、うっすらと湿っていて、吸い付くようだった。手にしたら離れないような感じだ。それでいて人肌に暖かい。

硬直している教え子の首に両手をまわした女教師は、発熱しているかのように顔を赤くし、呼吸を荒くしながら囁く。

「も・ん・で・み・て」

「はぁ、こうですか？」

困惑しながらも啓太は手にした肉塊をゆっくりと揉んでみた。

ぷるん。

（うわ、先生のおっぱいってこんなに柔らかいんだ。まるで牛乳ゼリーみてぇ）

お礼に触らせてくれるというのだから、遠慮するのも悪い気がする。

啓太は夢中になって揉んでしまい、気づいたときにはかなり手に力が入ってしまっていたようだ。

啓太の頭を両手で抱いた紀子は、悲鳴をあげる。

「あん、強く握るのはダメ。優しく、優しく弄《いじ》ってちょうだい」

「ごめんなさい」

啓太が泣きそうな顔で謝罪すると、紀子は慌てて媚《こ》びるように新たな提案をしてくる。

「ああ、謝る必要はないのよ。そのおっぱいは冨永くんのものだし、あ、そうだ。おっぱい全体を揉むのもいいけど……、その先っぽ、乳首をね、摘《つ》まんでみて」

「ここですか？」

啓太は親指の腹と人差し指の腹で、コリコリの乳頭を摘まんだ。

「あん、そう、そこを弄るのよ」

ビクンと震えた担任教師に命じられるがままに、啓太は左右の指先に摘まんだ乳頭をクリクリと弄る。

自分でもこんなことをしてなにが楽しんだろうと思ったのだが、なぜか楽しかった。

「いいわ、上手《じょうず》、上手よ……はぁ……はぁ……はぁ……」

教え子の前で胸元をはだけて、乳首を扱《しご》かせている女教師は恍惚《こうこつ》とした表情で荒い呼吸をしている。

その光景に啓太は不安になった。

「大丈夫ですか？」

「へ、平気よ。女はね。乳首を弄られるととっても気持ちよくなるものなの」

「へぇ～」

啓太がまだ複雑な顔をしているので、紀子は小首を傾《かし》げる。

「まだ疑問があるの？」

「ここって母乳が出るところでしょ。先生のおっぱいからは出ないなと思って」

小学生の疑問に、女教師は目を丸くし、ついで失笑する。

「先生は出ないわよ。それはお母さんだけの特権よ」

「そうなんだ？」

相手が小学生であり、性的な知識がまるでないことを改めて実感したらしい大人の女は、悪戯っぽく囁いてくる。

「母乳が出るか出ないか、試しに吸ってごらんなさい」

「え、ぼく、赤ちゃんじゃないよ」

もう小学六年生だ。来年には中学生になるというのに、おっぱいを吸うなどという子供じみた真似はできない。

むっとしている啓太を見て、紀子は頬を緩める。

「うふふ、大丈夫。おっぱいは赤ちゃんのためのものだけではないわ。お母さんのおっぱい以外のおっぱいを吸うのは、大人の楽しみよ」

「そ、そうなの？」

「ええ、先生の言うことを信じなさい」

いままでの価値観と違うことを言われて、騙《だま》されているような気がして釈然《しやくぜん》としない啓太であったが、恩師の言葉には逆らい難く、しぶしぶ乳首に唇を近づけた。

口に咥えようと思ったが、その前に舌を伸ばし、ペロリと舐める。

「はぁ〜ん」

紀子は甘い悲鳴をあげたが、啓太の舌にはミルクの味はしなかった。

(本当だ。母乳は出ないんだ……)

安堵《あんど》したような、残念なような複雑な気分を飲み込んだ啓太は、今度こそ乳首を口に含んだ。

そして、ちゅーっと吸った。

「ああん、そんなに強く吸われたら……」

啓太の頭を両手で抱いた紀子は、背筋を反らして嬌声《きょうせい》を張り上げる。

そのあまりの反応の激しさに驚いた啓太は口を離す。

「大丈夫？」

「ううん、気持ちいいの。わたし冨永くんにおっぱい吸ってもらうのが夢だったから。嬉しくて。いっぱい吸ってちょうだい」

「わかった」

啓太の唾液に濡れた乳首は、先ほどまでの倍も大きくなったような気がする。乳頭がビンビンに立っているのだ。

それを啓太は再び口に含む。

(なぜだろう。先生のおっぱいとっても美味しい)

紀子の乳首からはたしかに母乳は出なかった。しかし、母乳以外のなにかが出ている気がする。

それが美味しく感じて、啓太は夢中になって吸ってしまった。

すっかりおっぱいの虜《とりこ》になっている教え子を抱きしめて、若い女教師は歓喜する。

「両方の乳首を交互に吸ってちょうだい。口に咥えていないほうの乳首は指で摘まんで扱くのよ。ああ、そう、そんな感じ、上手よ。気持ちいい、気持ちいいわ。とっても気持ちいい。ああ、わたし、本当にダメな教師。教え子に、小学校の男子に、おっぱい吸ってもらって、喜んでいるだなんて、本当に教師失格。でも、これ、気持ちよすぎる。もう、らめぇぇぇ！！！」

啓太の頭を両腕で抱きしめていた紀子は、ガクガクと激しく痙攣《けいれん》して、そのあと、膝から床に崩れ落ちた。

「先生、どうしたんですか？　大丈夫ですか？」

大きな乳房に顔を包まれたまま床に這《は》いつくばることになった啓太は、恐るおそるお伺《うかが》いを立てる。

「大丈夫よ。冨永くんにおっぱい吸ってもらえたのが嬉しくて、イってしまっただけだから」

床に正座した紀子は、啓太の顔を胸に抱いたまま愛し気に、頭を撫でなでしてくる。

「イった？」

「とっても気持ちよかったってことよ。冨永くんにおっぱい吸ってもらって、わたしとっても幸せになれたの。ありがとう」

「いえ、どういたしまして」

なぜ感謝されたのかよくわからないが、喜んでもらえたのならよかった。

おのが受け持つクラスの生徒の唾液で乳首を濡らした女教師は、少年の下半身に目を向けた。

「おち×ちん苦しそうね」

言われて啓太も下半身に目を向ける。

「っ⁉」

短パンを突き破りそうなほどにテントが張られていた。

啓太はなにが起こったかわからなかったが、かつて感じたことのない羞恥《しゅうち》が全身を支配した。

紀子のほうは嬉しそうに頬をほころばせる。

「うふふ、小学生でもおち×ちんは大きくなるのね」

「あ、あの……」

言葉が見つからず、酸欠の金魚のように口をパクパクさせる小学生に、女教師は命令する。

「見せて」

「あ、許して」

恥ずかしさのあまり啓太は背を向けて逃げようとしたが、紀子は許さなかった。

床に座ったまま、背後から抱きしめる。

「大丈夫。先生の言うことを聞きなさい。悪いようにはしないから」

「で、でも」

羞恥に震える教え子の短パンと白いブリーフを、女教師は強引に引き下ろした。

ピコンと真っ白な包茎男根が跳ね上がる。

「はぅ」

羞恥に震える教え子を背後から抱きしめつつ、女教師は上から覗き込む。

「すごい、これが冨永くんのおち×ちん……ああ、かわいい。毛も生えてなくて、なんて綺麗なおち×ちんなのかしら」

「綺麗……？」

紀子の興奮の極《きわみ》に達したような感想に、啓太は困惑する。

逸物が勃起したことは、かつて何度かあった。

しかし、いまは単に大きくなっているだけではない。まるで失禁してしまったかのように濡れている。そんなものを他人に、それも女性に見られるなど、屈辱の極みだと思うのに、紀子は美しいといい、感動しているのだ。

相手の感情がまったく理解できない啓太は、まるで怪物にでも抱きしめられたような気分だった。

「ああ、これが夢にまで見た冨永くんのおち×ちん。予想どおり。いえ、想像していたのより、ずっと素敵よ」

啓太の後頭部を乳房の間に挟んだ状態で、紀子は両腕を股間に伸ばした。そして、若干躊躇ったあと、そっと肉棒を包む。

「あう」

啓太にとって、逸物を他人に触られたのは幼少期の母親以来だ。まして、勃起した状態を触られたのは初めてである。

急所を捕らえられた少年は、身を硬くして動けなくなってしまった。

それをいいことに、女教師は手にした逸物がまるで宝石だといわんばかりに、いとしげに撫でまわす。

「ああ、小枝のようにポキンと折れてしまいそうなのに、きちんと芯がはいっていて硬い。これなら、もう使えるわね」

「使える？」

女教師の言っている言葉が、少年にはまったく理解できない。

「冨永くん、大きくなったおち×ちんの使い方を知っている？」

「大きくなったおち×ちんの使い方？」

「そっか、勉強のできる冨永くんでもまだ知らないのね。中学校になれば保健体育の授業で教えてもらえることよ。でも、冨永くんにはわたしが教えてあげる。まあ、それはおいおいってことで……」

紀子の手はさらに肉袋にまで伸びた。

「ああ、タマタマがちゃんと二つある。この中に冨永くんのザーメンが詰まっているのね」

「ザーメン？」

「はぁ、はぁ、はぁ……子種よ。冨永くんの子種」

涎《よだれ》を垂らさんばかりの興奮状態の紀子は、右手で肉棒を扱きつつ、左手で肉袋を弄《もてあそ》んだ。

「ねぇ、冨永くん、白いおしっこを出したことある？」

「な、なんのこと？」

おしっこは黄色いものだろう。紀子の質問の意味がわからない。

その反応に紀子はかえって喜ぶ。

「まだないのね。でも、冨永くんの年齢ならそろそろ出ると思うの」

女教師の繊手《せんしゅ》が、小学生男子の陰茎を優しくシコシコと扱いてくる。

「先生、ぼく、その、あの……」

「はぁ、はぁ、はぁ……大丈夫だから、先生に任せて」

ふだんは優しいというよりも、気弱な先生がかつてないほどに強引だった。その荒い呼吸が恐ろしい。

さながら山姥《やまんば》にでも捕まってしまったような気分だ。

このまま頭からガブガブと食べられてしまうのではないか。そんな恐怖が啓太の全身を包んでいた。

しかし、女教師の繊手に摘まれて扱かれている逸物からかつてない感覚が襲ってくる。

「す、すごい、ビクンビクンしっている。これが冨永くんのおち×ちんなんだ、かわいい、かわいすぎる」

「はぁ、はぁ、はぁ、先生、やめて、そこ、弄られると、お、おしっこが」

「いいのよ、そのまま出して」

四つん這いの啓太の尻には紀子の腰が、背中には腹部が、後頭部には乳房がぴったりと張り付いている。

頭上から浴びせられる先生の荒い呼吸が伝播《でんぱ》したように、教え子も呼吸を荒くしていた。

白い五指が弄ぶ包茎陰茎の先端からは、ダラダラと液体が溢れている。

（ぼく、おしっこを漏らしている……でも、でも、なんだ感じ……）

小学六年生にもなって失禁するのは恥ずかしい。まして、先生に見られているのだ。いたたまれない。しかし、さらなる崩壊がくる。

「ああ、先生、もうダメだぁぁぁ」

ドビュドビュドビュ……。

先生の手に包まれた小さな陰茎の先端から、大量の白濁液が噴き出し、床にぶちまけられた。

「ひぃぃぃぃぃぃ」

逸物はもちろん、全身を激しく痙攣させる教え子を、暖かい女教師の体は抱きしめていた。

そして、噴火が収まったところで、紀子はため息をつく。

「すごい、いっぱい出したわね」

「ひっく、ご、ごめなさい。おしっこ漏らしちゃった……」

顔を真っ赤にして泣きながら謝罪する啓太を、紀子は慰《なぐさ》める。

「謝ることはないわ。これはおしっこではないの。射精と言ってね。この白い液体は精液と言って、冨永くんの子種なのよ」

「射精……精液……子種……」

知らない言葉の連続に、啓太はどう反応していいのかわからない。

「ええ、初めての射精。精通と言うのよ。そして、これが冨永くんの一番搾り」

啓太の股間から手を離した紀子は、恍惚とした表情で自らの手にかかった白濁液の匂いを嗅ぐ。

「ああ、本当に栗の花の匂いなのね。とってもいい香り。美味しそう」

紀子は舌を伸ばし、自らの手にかかった液体を舐めはじめた。

「っ!?」

先生がおしっこを舐めている。

驚く啓太の見守るなか、紀子は手に付いた液体をすべて舐め飲んでしまった。

「青臭いほどに濃密……こんな濃厚な子種を注《そそ》がれたら、わたしなんて一発で妊娠してしまいそう……」

「あの、先生……」

「美味しかったわよ。冨永くんのザーメン」

啓太には理解できない心理だった。しかし、紀子はとっても幸せそうである。

床に腰を抜かした啓太の前に跪《ひざまず》いた紀子は、ハンカチを取り出すと半萎《な》えとなっている逸物を包み込み、丁寧に拭《ぬぐ》った。

「どお、気持ちよかったでしょ」

「う、うん……」

たしかに先生に、おち×ちんを弄られているときや、射精しているときはものすごく恥ずかしかったが、終わってみるとすっごく気持ちよかった気がする。

紀子はパンツとズボンも元どおりにしてくれた。

それから人差し指を口元で一本立てる。

「でも、今日のことは内緒よ」

「内緒?」

戸惑う未成年に、大人の女性は念押しをする。

「ええ、だれにも言ってはダメよ。そのかわり、またやってあげるからね」

「また？」

困惑する小学生の頬に、女教師はそっと接吻《せっぷん》する。

「ええ、先生のおっぱいは、冨永くんのものよ。また触らせてあげるわ。おち×ちんもいっぱい扱いてあげる。ザーメンをビュービュー出すのよ。気持ちよかったでしょ？」

「は、はい。わかりました」

たしかに気持ちよかった。しかし、あまりにも恥ずかしい体験である。顔を赤らめた啓太が素直に頷《うなず》くと、紀子は安堵する。

「それじゃ、また明日ね。いい、くれぐれもだれにも言ってはダメよ。先生と冨永くん二人だけの秘密よ」

さらに念押しされて啓太は資料室を出る。

扉を閉じる寸前に、室内に残った紀子の様子を見た。

「ああ、ついにやってしまった。教師なのに生徒に手を出すだなんて、それも小学生。ああ、でも、冨永くんがかわいい。かわいすぎるのよ。ああ、冨永くんのザーメンの匂い」

さきほど啓太の逸物を拭いてくれたハンカチで鼻腔を塞いだ紀子は、ベージュ色のロングスカートの中に手を入れて、しきりと股間を弄っていた。

(……変なの?)

担任教師の行為の意味がわからず、啓太に小首を傾げて教室に戻る。

＊

「啓太くん、鳥居先生の用事は終わった?」

教室に戻ると、灰色のカチューシャをした女の子。すなわち華帆が待っていてくれた。

「あ、ああ……」

心ここにあらずといった感じの生返事をする。

「それじゃ、帰りましょう」

「うん」

いつものように二人は並んで帰路につく。

「鳥居先生となにしていたの?」

「いや、たいしたことじゃないよ」

紀子に内緒にしろ、と言われたこともあるし、華帆には絶対に知られてはいけないことだと本能的に思ったのだ。

「ふ〜ん」

華帆は、それ以上の追及はしなかった。

二人はそのまま華帆の家に入る。いっしょに宿題をするのが日課なのだ。

「おじゃましま〜す」

「啓太ちゃん、いらっしゃい」

華帆の母親である亜矢がピンク色のエプロン姿で出迎えてきた。

(おっぱいデカっ!?)

もともと亜矢の乳房は服装越しにも大きいことは知っていた。しかし、今日、紀子の乳房を生で見たあとだと、想像力が具体的になってしまう。

透視能力が働いたかのように、乳房が見えたような気がする。

「?」

突如《とつじょ》、赤面した隣の男の子を前に、亜矢は不思議そうに小首を傾げる。

「いこ」

華帆に促されて、華帆の部屋に入った。

ベッドと学習机とピアノがある。カーテンや掛布団はピンクが基調だった。いかにも女の子の部屋である。

学習机はあっても、啓太と勉強するとき、華帆は使わない。

二人は小さな机を挟んで座布団を敷いて座り、宿題をする。ほどなく扉がノックされた。

コンコン。

亜矢が顔を出した。

「今日は、ババロアを作ってみたの。啓太ちゃんのお口に合うといいんだけど?」

「いつも、ありがとうございます」

亜矢の趣味は、お菓子作りらしい。

専業主婦の亜矢は暇らしく、啓太がくると嬉々《きき》として振る舞ってくれる。

大きな乳房を揺らしながら近づいてきた亜矢が、ガラスの器と紅茶の乗ったお盆を差し出す。

(華帆のお母さんのおっぱいは、鳥居先生より大きいよな。どんな触り心地なんだろう)

そんな疑問が脳裏に浮かんでしまった。

（このババロアぐらいかな？）

ババロアを匙《さじ》で掬《すく》って口に含む。

（ここまでは甘くないと思うんだけど）

紀子のおっぱいを舐めても甘くはなかった。しかし、脳裏には甘い記憶として刻まれている。

亜矢の乳房は大きくてババロアのように甘そうだ。実際、亜矢の体からはいい匂いがする。

ババロアを食べながら、啓太が空想の翼を広げていると、不意に華帆が声を張り上げた。

「もう、お母さんは行って」

「あらあら、お邪魔だったかしら？」

亜矢はニコニコ笑いながら、娘に部屋を追い出される。

それから華帆が、啓太に詰め寄った。

「啓太くんどうしたの？　今日、なんか変よ」

「そ、そうかな？」

頭の中が乳房でいっぱいなのだ。自分でも、変だと思う。

しかし、今日、学校で紀子の乳房を見せてもらってから、乳房が気になって仕方がないのだ、と素直に華帆に打ち明ける勇気はない。

なんとかごまかさねばならない、という強迫観念に捕らわれた啓太は口を開く。

「華帆ちゃんさ。ちょっと試したいことがあるんだけど、おっぱい見せてくれないかな？」

「えっ!?」

華帆は目を剝く。

啓太は性的なことにまったく興味がなかったが、華帆は思春期の女子として十分に意識していたのだ。

同時に啓太が、まだ色恋沙汰に気が回らない男子だということも承知していた。

「う、うん、啓太くんが見たいなら……」

幼馴染みの少年を信頼するおとなしい女の子は、戸惑いながらも白い丸襟の付いた灰色のワンピースの首の後ろのボタンを外した。

上半身が剝けて、白いブラジャー姿が露となる。

紀子のブラジャーに比べると、シンプルで色気など絶無《ぜつむ》であった。

「これも？」

「うん」

啓太が頷くと、華帆は困った顔をしながらも白いブラジャーを上にずり上げる。心持ち膨らんだ乳房が露となった。

(うわ、小さっ)

服の上からも十分に予想できた大きさだ。

乳首もまったく膨らんでおらず、桜の花びらが左右に一枚ずつ張り付いているかのようだ。

「ここに触れると、女って気持ちいいみたいなんだ」

そう言って啓太は右手を伸ばし、中指の先で華帆の左の乳首に触れた。

「ひっ!」

華帆の喉から引きつった悲鳴があがり、次の瞬間、右手が啓太の頬を叩いていた。

パチン!

「っ!?」

左頬が熱くなり、驚いた啓太が華帆の顔を見て、さらに驚いた。

顔を真っ赤にした華帆は、さらに目元から大粒の涙を溢れさせている。

「どうしたの?」

慰めようと手を伸ばすも、両手で胸元を必死と隠した華帆に拒否された。

「啓太くんのエッチ」

「え……？」

自分のやったことの意味を理解していない啓太は戸惑う。

「帰って！」

「あ、ごめん」

まさか華帆がこんな反応をするとは思わず、啓太は狐《きつね》に抓まれたような顔で立ち上がる。

華帆との初めての喧嘩かもしれない。

どうしていいかわからず素直に帰ることにした。

「お邪魔しました」

「あら、今日は早いのね」

驚いた声とともにやってきた亜矢が玄関で見送ってくれる。

「はい。それじゃ、また明日」

自分がとんでもない失敗をしたらしい、という失意だけを抱《かか》えて啓太は自宅に帰る。

＊

「ただいま」

玄関の扉をあけると、そこには叔母で女子大生の冨永多喜子がいた。

「おう、お帰り」

ちょうど片足を上げて、赤いハイヒールを履いているところだった。

朝のだらしない服装とは違い、真っ赤なキャミソールドレスを着ている。肉付きは薄いのに骨太な両肩を惜しげもなく晒し、屈《かが》むとパンツが見えるのではないかと不安になる激ミニスカート。根本近くまで見える細く長い脚には網タイツが覆っていた。

そのうえで、ダイヤのイヤリングとネックレス、宝飾時計と金鎖のネックリングまでつけている。

ソバージュのかかった黒髪は整髪料で固まって、少々の風では乱れそうもない。

大きな口元には真っ赤なルージュ、切れ長の目元には目張りまで入って、化粧もばっちり決まっている。

これぞ「いい女」という言葉を具現化したような装《よそお》いだ。

「多喜子お姉ちゃん、またクラブ?」

「そういうこと。花の命は短くて、恋せよ乙女ってね。あれ? 啓太、なんだか浮かない顔しているわね。華帆ちゃんと喧嘩でもしたの?」

「ま、まさか〜〜」

叔母に顔をマジマジと見られた啓太は、視線を逸らす。

ちょっと気まずい。

そんな甥の態度からなにか察したのか、多喜子は両手を広げて肩を竦《すく》めた。

「しかたない。かわいい甥っ子に女の扱いの極意を教えてあげよう。とにかく誉めまくること。美人かわいい頭がいい。君ほど素敵な女性に会ったことがないと臆面《おくめん》もなく言っていれば、華帆ちゃんもその気になって、やらせてくれるわよ」

「はぁ?」

「あはは、小学生にはちと早いか。それじゃ、行ってきま〜す」

華やかな笑声をあげた多喜子は、啓太と入れ違いに家を出る。そして、迎えに来ていたカッコイイお兄さんの高級そうな車に乗っていってしまった。

第二章　リア充叔母さんの性技指導

「啓太くん、おはよう」

朝、自宅を出ると玄関先では、隣の同級生・牧野華帆が赤いランドセルを背負って出迎えてくれた。

「か、華帆ちゃん、おはよう」

昨日の今日である。まだ怒っているかもしれないと一晩悶々《もんもん》としていただけに、いつものように待っていてくれたことに安堵した。

「おはよう。啓太ちゃん、今日もいい天気ね」

しっとりとした声は、いつものように庭に水を巻いている華帆のお母さんである牧野亜矢のものだ。

「あ、おはようございます」

上品で綺麗なオバサンを過剰に意識してしまう啓太が、いつものように緊張した挨拶を返すと、亜矢はいつもと違う一言を付け加えた。

「今日の夕飯はうちで食べるんだから、来るのを忘れたらダメよ」

「お、お世話になります」

親戚に不幸があったとかで、啓太の両親が法事のため留守にすることになった。

そのため母親が、啓太の夕ご飯を亜矢に頼んだのだ。

ちなみに同居している叔母の冨永多喜子は、どうせ遊び歩いているだろうから、夕飯時にはいないと判断されたらしい。

「啓太くんの大好きなクリームシチューを作っておくから楽しみにしていてね」

「ありがとうございます」

「気をつけていってらっしゃい」

淡いグレーのサマードレスをきた華帆のお母さんに見送られて、啓太と華帆は並んで登校する。

啓太はややぎこちなく、幼馴染みの少女に声をかけた。

「昨日は、ごめん」

「ううん、男の子はエッチなのが普通だっていうし。啓太くんも男の子なんだなって、ちょっと驚いちゃった」

「そ、そっか……」

啓太の認識としては、自分は他の男子のようにスカートめくりとかしないし、それほどエッチではないと思っていたから、いささか心外な評価である。

（でも、鳥居先生のパンツを見られて嬉しかったもんなぁ。ぼくってエッチだったのか）

紀子のおっぱいや、華帆のおっぱいを触ったことが、ものすごいエッチなことだったという認識はいま一つぴんと来ていない啓太であった。

とりあえず、華帆の機嫌が直ったことに安堵する。

（女の子って気まぐれだよなぁ）

などと内心で考えながら、小学校に入った。

いつものように教室で友だちと雑談していると予鈴が鳴り、色素の薄い黒髪をアップにまとめ、縁なしの眼鏡をかけ、薄黄色のブラウスに、若草色のセーターを羽織り、ブラウンのロングスカートを履いた、大人しそうな先生が入ってきた。

「おはようございます」

クラス担任の鳥居紀子は、いつものように自信なさげな雰囲気で、朝のホームルームを進行する。

(昨日の先生、なんか変だったよな。おっぱい触らせてくれたり、おち×ちん触ってきたり……あれ、気持ちよかったよな。またやらせてくれないかな)

ブラウスに包まれた紀子の胸元を眺めながら啓太が昨日のことを反芻《はんすう》していると、紀子はおどおどと報告する。

「きょ、今日、家庭科の先生がお休みになりましたから、三時間目と四時間目は自由時間になります。校庭でドッジボールをしましょう」

「やったー」

生徒たちは歓声をあげた。

それから紀子は、そっと啓太にだけ命じる。

「冨永くんには、別にお願いしたいことがあるから、教室に残っていてね」

「はい」

クラス委員長の啓太は、担任教師のお気に入りで、なにかと特別な仕事を押し付けられるのはいつものことだ。

クラスメイトたちは気にも留めない。せいぜいドッジボールに参加できない啓太を同情しただけだ。

三時限目、念のため他の生徒と同じように体操服に着替えた啓太が独り教室で待っていると、そっと人目を避けるようにして紀子が入ってきた。

「……」

緊張した表情で間合いを詰めた紀子は、啓太を教室の後ろの壁に追いつめると、左手を壁に付けながら、小さな声で確認してきた。

「昨日のこと、だれにも言ってないわよね」

「うん、約束だから」

「そう、よかった。偉いわ。さすが冨永くん」

安堵の吐息をついた女教師は、視線をすばやく左右に走らせてからお気に入りの男子生徒を抱きしめた。そして、目を閉じると、頬を紅潮させつつ、昨日と同じように顔を下ろしてきた。

なにをしようとしているのか察することのできた啓太は、顔を上げて受け止める。

予想どおり女教師は、唇を重ねてきた。

「う、うむ、うむ……」

口内を貪《むさぼ》られるような接吻は、昨日と同じだ。

二度目ということで、啓太は驚かなかった。それどころか、心の余裕をもっていると、昨日は恐ろしかった接吻もなんだか楽しくなる。

(先生の舌、美味しい。唾液もトロトロだ)

啓太からも積極的に、紀子の舌を舐めた。

「っ!?」

啓太の反応に紀子は軽く驚いたようだが、すぐに嬉しそうに受け止めてくれた。

調子に乗った啓太は、命じられもしないのに両手をあげて、薄いイエローのブラウスに包まれた紀子の双乳を鷲摑みにする。

「うむ!」

少年との舌を搦《から》める接吻に夢中になっていた紀子は好きにさせてくれた。

(鳥居先生、優しい。華帆ちゃんなんて、ちょっと乳首に触れただけでビンタだもんな)

ブラウス越しに感じる紀子の双肉。それを触っているのは気持ちいいのだが、中にあるブラジャーのせいで、いま一つ触感を楽しめない。

もどかしく思った啓太は、ロングスカートの腰からブラウスの裾を引き出し、その下から手を入れた。そして、ブラジャーのカップの中にまで小さな手を入れてしまう。

小学生の紅葉《もみじ》のような手は狙いたがわす、コリコリになっていた乳首を指の狭間に挟む。

（鳥居先生のおっぱいは、やっぱり生で触るのが一番だな。えーと、ここだっけ、先生が触られたいのは）

昨日の学習を思い出した小学生は、成人女性の乳房を揉みしだきつつ、器用に乳首も扱く。

内側からの圧力でブラウスのボタンが引き千切られそうになった紀子は、慌てて接吻をやめた。

「冨永くんったら、強引なんだから、そんなにおっぱいが吸いたいの？」

「うん、先生のおっぱいチューチューしたい」

「もう、仕方ないわね」

トロトロの表情になった紀子は、ブラウスのボタンをすべて外すと、露となった黄のブラジャーのカップをずり上げた。

白い釣り鐘型の双乳が少年に差し出される。

「さぁ、どうぞ」

「ありがとう」

成人女性の流麗《りゅうれい》な曲線を描く白い乳房に歓喜した啓太は、嬉々として両手で持ち上げつつ、先端のピンクの乳首に吸い付いた。

「あん、わたしのおっぱい、気に入ってくれたのね。嬉しい」

自分の乳房にむしゃぶりつく教え子を、トロンっとした表情で見下ろしていた女教師は、やがていそいそと右手を下ろすと、啓太の体操服の短パンに包まれた股間をなぞる。

「うふふ、こんなに大きくしちゃって……かわいい顔をしていても、男の子よねぇ」

幸せそうに頬を紅潮させた女教師は、教え子の体操服の短パンとブリーフを太腿の半ばまで下ろし、男根を露出させた。そして、右手で包み込むと優しく、シコシコと扱いてくる。

(ああ、先生の手、温かくて気持ちいい。これすごい幸せ……)

少し頼りないけど、綺麗な女教師の大きな乳房を抱え、好きなだけ乳首を吸いながら、逸物を弄ってもらえる多幸感に包まれた啓太だが、すぐに耐えがたい尿意に襲われて慌てた。

「あふっ」

「どうしたの？　冨永くん、もしかして、昨日みたいに白いおしっこでそうなのかしら？」

「う、うん……」

泣きそうな少年の表情を見て身震いした女教師は、左手でスカート越しに自らの股間を押さえた。

「もう少しだけ我慢してね。今日はわたしが全部飲んであげるから……」

「えっ⁉」

戸惑う啓太を他所《よそ》に、紀子は膝を開いて屈み込んだ。

ロングスカートの裾が床に付いて汚れると思ったのか、スカートをからげている。おかげで白いパンストに包まれた紫色のショーツが丸出しになった。

そんな破廉恥な姿となった女教師は、教え子の男根を鼻先にしてため息をつく。

「ああ、こんなにカウパー腺液を出しちゃって。冨永くんのおち×ちん、今日も素敵よ」

逸物の先端に鼻を近づけた紀子は、クンクンと匂いを嗅ぐ。

「ああ、この栗の花の香り。啓太くんのおち×ちんから、とってもいい臭いがするわ。ほんと食べちゃいたいくらい」

少年の濃厚な性臭に酔った女教師は、うっとりとした表情で大口を開けると、唾液に濡れた赤い舌を出し、ペロリと包茎男根の先端を舐めた。

女教師の舌先と、教え子の陰茎の先端で光る糸を引く。いったん舌を口内に戻した紀子は、啓太の顔を見上げてにっこり笑う。

「美味しいわ」

左手で頭髪を掻き上げつつ、右手で男根の根本を押さえた紀子は、包茎男根の先端に唇を添える。

(うわ、鳥居先生、ぼくのおち×ちんにキスしている)

放尿する穴だ。そこを綺麗な先生の唇に添えるのは罪悪感を覚える。

しかし、紀子は嬉しそうに、余っている皮の部分を口に含むと、チューチューと中に溜まっていた液体を吸引してきた。

「はぅ」

あまりの気持ちよさに、教室の後ろの壁に背を預けた啓太は、天井を見て喘いだ。

教え子が喜んでいることを察した女教師は、それだけではとどまらず、男根を少しずつ呑み込んでいき、ついには肉袋まですべて口に含んでしまった。

(うわ……、先生におち×ちんを食べられちゃった!?)

驚愕する啓太の見下ろすなか、紀子は口に含んだ男根を唾液の海で弄んだ。

「うー」

眼鏡をかけた清楚《せいそ》な女教師の顔も、口いっぱいに物を含んだから、鼻の下が伸びて、型崩れしてしまう。

そのうえ、口が塞がっているから鼻で息をしなくてはならないのだろう。鼻の孔《あな》が広がってしまって、鼻息が荒い。

(うわ、先生の顔。すっごいエッチだ)

よく言えば優しい。悪く言えば気弱な紀子は、生徒の父兄からは真面目な先生として信頼されていた。

しかし、現在の痴態を見たら、だれもが認識を改めずにはいられないだろう。

「あ、先生、おしっこでそう……」

手で扱かれていたときから耐えがたい尿意には襲われていたのだ。それが紀子の口に含まれて、唾液の泉で漬けられたことで、限界を超える。

昨日、先生におしっことは違うとは教えられてはいたが、先生の口の中でおしっこをするかのような罪悪感があって必死に耐えた。

そんな少年の最後の抵抗を打ち砕こうと、蹲踞《そんきょ》の姿勢でパンツ丸出しの女教師は口に頬張ったものを吸引してくる。

(あ、このままじゃ、先生のお口の中におしっこしちゃう。我慢したいけど、くっ、

もう、らめぇえ）

ドビュビュビュビュビュビュ……ッ！！！

啓太にとって人生二度目の射精である。力の限り我慢したつもりだが、実際はあっという間だったかもしれない。

「うっ、うっ、うっ」

レンズ越しの目を伏《ふ》せた紀子は、暴れる若くて生きのいい男根を必死に口で受け止めた。

無限に続くかとも思われた若き雄の奔流《ほんりゅう》も、やがては収まる。

それと確認した紀子は、ゆっくりと男根を吐き出した。

そして、心配そうに見下ろしている啓太を見上げると、にっこり笑って、口唇を開いて見せる。

「……っ!?」

（うわ、先生の口の中、真っ白。あれ全部、ぼくが出したもんなんだ）

大好きな先生の口内で放尿してしまったかのような後ろめたさと同時に、この女は自分のものだ、という所有欲がフツフツと少年の胸のうちに沸き上がるのを感じた。

やがて唇を閉じた紀子は、右頰を押さえて、口内のものを舌で転がし、ゆっくりと味わいながら嚥下《えんげ》する。それから満足そうにため息をついた。

「ああ、冨永くんのザーメン、美味しかったぁ……」

「美味しいの？」

困惑する生徒に、淫蕩な笑みを浮かべた女教師は頷く。

「ええ、女にとって好きな男の子の精液というのは最高の御馳走よ」

「そ、そうなんだ……」

「うふふ」

射精したのにまったく変わらずに佇立《ちょりつ》している少年の男根を見て、微笑した紀子は指を伸ばして突っつく。

「だから、許されるなら、冨永くんのおち×ちんを一日中しゃぶっていたいわ」

「ふ〜ん、そういうものなんだ。いいよ、先生の好きなだけ、ぼくのおち×ちんしゃぶって。ぼくも先生にザーメンいっぱい飲ませたい」

「まぁ、ありがとう。大好きよ、冨永くん」

淫蕩な笑みを浮かべた紀子は、男根がまるで舐めたら溶けるアイスキャンディで、すぐに無くなったらもったいないというかのように、ペロリペロリと舐めはじめる。

「ふぅ……」

一度射精したことで、少し落ち着いた啓太は、背後の壁に背を預けながら、窓から外を見た。

校庭ではクラスメイトのみんながドッジボールをしている。

「……」

窓際に立つ啓太の存在に気づいた華帆が、他の生徒に気づかれないようにはにかみながら手を振ってきた。それを受けて、啓太も手を振ってやる。

(華帆ちゃんかわいい。やっぱ、あの中じゃ、一番目立っているよな)

クラスメイトの中ではもちろん、他校の生徒にも認められる美少女である。ピアノが弾《ひ》けて、さらに素直ないい子。

(でも、華帆ちゃん、おっぱい小さいんだよな)

成人女性の大きな乳房の魅力を知ったあとだと、同級生の少女がいささか色あせて感じてしまう。

それから改めて眼下を見下ろした啓太は、少し驚いた。

「ふむ、ふむ、ふむ……」

相変わらず紀子は、鼻息荒く男根を美味しそうにしゃぶっているのだが、左手で自らの左の乳房を揉みしだき、右手で白いパンティストッキングと、その向こうに透けて見える紫色のパンティに包まれた股間を弄っていた。

それはいいのだが、股間を弄る指の周囲が、まるで失禁したかのようにビショビショなのだ。

布が液体を吸収しきれずに、ポタポタと床に滴っている。

(先生、もしかしておしっこ漏らしている？　大人なのにだらしないな)

という侮《あなど》りの感情が沸いたのだが、同時に男根を咥えながら、自らおっぱいと股間を弄り、ポタポタと失禁している先生の痴態が、とっても魅力的に見えた。

(鳥居先生のこんな姿を知っているの、ぼくだけだよな)

優越感にかられた啓太は、担任教師の口内で何度も射精し、そのたびに美味しそうに飲んでもらった。

やがて予鈴が鳴ったので、ようやく紀子は男根から口を離す。

「ふう、今日はここまでね」

床に滴っていた雫《しずく》をポケットティッシュで拭いてから、紀子は立ち上がった。

ロングスカートを元に戻し、ブラジャーとブラウスを整える。

「先生……」

物欲しげな顔をする教え子のブリーフと短パンも元どおりに戻してやった女教師は、

唇の前に人差し指を一本たててにっこり笑う。

「わかっているとは思うけど、今日のこともだれにも言ってはダメよ。二人だけの、ひ・み・つ」

「うん」

「それじゃ、また時間を見つけてやりましょう」

スカートの中をビショビショにしている女教師は、教え子たちが着替えに帰ってくる前にいそいそと教室を出ていった。

＊

「ごちそうさまでした」

学校が終わり、華帆といっしょに下校した啓太は、そのまま華帆の家にお邪魔して、いっしょに宿題をした。そして、そのまま夕ご飯をいただく。

華帆と華帆の母親亜矢の、三人で食卓を囲む。

華帆の父親は仕事で不在だった。

亜矢の旦那さんは、事業である程度成功してから家庭を持とうとした人らしく、亜矢よりかなり年上らしい。

「お粗末様でした。お口にあったかしら？」

「とっても美味しかったです」

朝、予告されたクリームシチューはとっても美味しかった。それはいいのだが、華帆と亜矢の親子が、白いドロドロとした液体を口に運ぶたびに、紀子が飲んでいた精液を思い出し、意味もなく赤面してしまう啓太であった。

「それはよかったわ」

啓太の返事に、亜矢は満面の笑みになる。

（しかし、華帆のお母さんって美人だよなぁ。それにおっぱい大きい）

啓太は、女性の胸の大きさというものを、あまり気にしたことはなかったのだが、紀子に乳房を見せてもらい、触らせてもらってからというもの、いろいろな女性の乳房が気になって仕方がないようになってしまった。

（鳥居先生より、絶対に大きいよな。生で見たらどうなっているんだ？）

啓太が胸元に見惚《みと》れていることに気づいた亜矢が小首を傾げる。

「ん？　どうかしたの」

「いえ、なんでもありません」

啓太は慌てて視線を逸らしたが、隣にいた華帆にテーブルの下の太腿を捻《ひね》られた。

「そ、それじゃ、ぼく、そろそろ帰ります」

立ち上がろうとする啓太を、亜矢は引き留める。

「独りだと寂しくない？　今夜はうちに泊まっていってもいいのよ」

「いえ大丈夫です。そこまで甘えられません。今日はありがとうございました」

玄関で靴を履く啓太を、亜矢が名残《なご》惜しそうに見送ってくれた。

「啓太ちゃんは、ほんとしっかりしたいい子ね。わたしも啓太ちゃんみたいな男の子が欲しかったわ」

「し、失礼します」

不満そうな華帆の顔を横目に、なんと返していいからわからず、啓太は逃げるように牧野邸をあとにした。

＊

「ただいまぁ」

独り自宅に帰った啓太が風呂に入ろうと用意していた夜、七時ころ。叔母の冨永多喜子が帰宅した。

「あれ、多喜子お姉ちゃん、今夜は早いんだね」

玄関でハイヒールを脱ぎ捨てた赤いセクシーなキャミソールドレスのお姉さんは肩を竦める。

「たまにはね～」

「今日は男漁《あさ》りに失敗したの？」

ピク。

啓太のなにげない一言に多喜子のコメカミが引きつった。

そして、不自然な笑顔を浮かべると間合いを詰め、両の親指と人差し指で啓太の両頬を摘まんで左右に引っ張った。

「け・い・た・く・ん。君の中であたしへの評価は、どういうものなのか、ちょっと興味が出てきたんだけど」

「ご・め・ん・な・さ・い」

啓太が涙目で謝罪すると、多喜子は手を離した。

「まったく、あたしがその気になれば、落とせない男なんていないわよ」

そっちと呆れる啓太を他所に、冷蔵庫からミネラルウォーターを取り出した多喜子は、一口呷《あお》ってからリビングを見渡す。

「あれ、兄さんと義姉《ねえ》さんは？」

「法事だって言っていたよ」

「ああ、そういえばそんなこと言っていたわね」

納得した多喜子は、改めて最近生意気になってきた甥っ子を見る。

「それじゃ、今夜はあたしと啓太の二人だけか？」

「うん」

珍しく年長者としての義務感にかられたらしい多喜子が、心配そうな表情を浮かべる。

「夕ご飯はちゃんと食べたの？」

「うん、華帆ちゃんちでクリームシチューをいただいてきた」

「そっか、風呂は？」

啓太はバスタオルを翳《かざ》してみせる。

「これから入るところ」

「ふ〜ん、じゃ、久しぶりにいっしょにお風呂に入ろうか？」

「え、いいよ」

悪戯っぽい笑みを浮かべた多喜子が啓太に抱きついてきた。

「なに遠慮しているのよ。ちょっと前まで、よく入れてあげたでしょ」

ドレスに包まれた胸の谷間に、啓太の顔がはまった。慌てて顔を上げると、目の前に大きな口がある。

「臭っ！　多喜子お姉ちゃんの息、酒臭い」

「え～い、うるさい。とっとと脱ぎなさい」

気分を害した多喜子は、啓太を引きずって風呂場の脱衣所に連れていく。そして、強引に服をむしり取った。

「はぅ」

素っ裸にされて羞恥に震える甥っ子の前で、多喜子もまたキャミソールドレスを脱ぎ捨てる。

中から赤と黒のお洒落なブラジャーとショーツが露となった。細く長い脚には網タイツが穿かれ、赤いガーターベルトで吊るされている。

啓太が知るはずもないが、外国製の高級ブランドで一式そろえられた下着だ。いつ、男の前で裸になることになっても大丈夫な、女の完全武装である。

年端もいかない甥っ子に見せるなど、多喜子としては不本意なことだろう。

（うわ、すげぇ綺麗。多喜子お姉ちゃんって、こんなにお洒落で格好よかったんだ）

叔母の勝負下着姿を初めて見た啓太は、思わず目を剝いてしまった。

甥っ子の視線など気にも留めずに、多喜子は赤と黒の生地の混じったセクシーなブラジャーを外す。

ぶるんっと砲弾のような乳房が二つ前方に飛び出した。

ついでガーターベルトを外し、網タイツを脱いでから、中央が臙脂《えんじ》色で左右が黒いパンティを脱いだ。

露となった陰毛は艶やかに真っ黒だが、綺麗な逆三角形に整えられていた。

全身の肌は、綺麗な飴色をしている。たぶん、日焼けサロンで焼いているのだろう。美しい日焼けだ。

ブロンズ美人と呼ばれるハリウッド女優にいそうなゴージャスさである。

もちろん、体毛の処理も完璧で、どこを見ても肌はツルツルで蜜が塗られているかのようだった。まさに磨き上げられた肌だ。

頭のてっぺんからつま先まで、隙なくお手入れをされた牝の体である。

紀子の、啓太と二人きりのときに見せる淫靡で退廃《たいはい》的な雰囲気。亜矢のしっとりとした色気とも違う。多喜子の裸体は純粋にエロくて美しい。

「ほら、いつまであたしの体を見ているのよ、このエロガキ。そんなところで裸で立っていると風邪ひくわよ」

裸を見られることにまったく抵抗がないらしい多喜子は、甥っ子の手をとるとそのまま風呂場に入った。

「あ、いや、でも……」

抵抗する啓太を背後から抱きしめた多喜子は、ザブンと湯船に浸《つ》かる。

「……」

啓太は多喜子の膝の上に座ったかたちだ。

暖かい風呂の中、綺麗な叔母さんの膝の上に抱えられて、啓太は借りてきた猫のようになってしまった。

(うぅ〜、背中におっぱい当たっているし、お尻がチクチクする。これって多喜子お姉ちゃんの股間にある毛だよな)

逸物が大きくなっているのを悟《さと》られるのが恥ずかしい。啓太は必死に陰茎を太腿で挟み、手で隠した。

少年の努力に気づいているのか、いないのか、湯の中で寛《くつろ》いだ多喜子から後頭部を撫でてくる。

「啓太、華帆ちゃんとうまくやっているの？」

「うん」

ちょっと喧嘩はしたが、特段の問題はなかった。

「啓太ってさ。あたしの甥っ子だけあって、なかなかの美少年だからね。ショタコンの痴女に捕まって悪戯されないか心配だわ」

「痴女？」

「いきなりおち×ちんを触ってきたり、キスしてくる女のことよ。あとベタベタと体に触れてくる女とか、ヤバいから気をつけなさいよ」

啓太には思い当たることがあった。

（それもろに鳥居先生だ。でも、先生に悪戯されるの、嫌いじゃないんだよな。気持ちいいし）

紀子との秘め事が楽しみになってしまっている啓太である。

「まぁ、そういう変態女は、せいぜい美味しく食い散らかしちゃいなさい。あはは」

多喜子は楽しげに笑っているが、啓太にはよくわからないアドバイスである。

「さてと」

湯で十分に温まったらしい多喜子は立ち上がった。

そして、細く長い右足をあげて、湯船の縁を跨《また》ぐ。

湯船に残っていた啓太は多喜子の開いた股の下を見てしまった。

（おち×ちん、ない。というか、なんかくぱっと開いた。中が赤かったけど、なんだあれ？）

女性に逸物がないことは知っていたが、代わりになにがあるのかを見たのは初めてだった。

鼻血がでそうなほどに興奮している甥っ子に向かって、洗い場に立った多喜子が命じる。

「体を洗ってあげるから、こっちきなさい」

「え、でも……」

湯船から出たら勃起した逸物を見られてしまう。躊躇う啓太に多喜子は強く命じる。

「ほら、早くしなさい」

「う、うん……」

啓太は勃起した逸物を左右の太腿で必死に挟み、へっぴり腰になりながら湯船から立ち上がった。真っすぐに立つと前方に飛び出してしまうからだ。

その光景に多喜子は、呆れた表情でため息をつく。

「はぁ〜、安心しなさい。そんな小指みたいなお子様ち×ちん見てもなんとも思わないから、とっとと出る」

(うー、ばれていた。でも、それはそれでなんか悔《くや》しい……)

顔を真っ赤にした啓太は諦《あきら》めて勃起した逸物を晒したまま、なんとか湯船から出る。

「ほら、ここに座る。まず頭を洗ってあげるわよ」

洗い場にあったプラスチック製の座椅子に、啓太を座らせた多喜子は、背後に立ってシャワーヘッドを取ると、啓太の頭を濡らしてから、シャンプーをかけ、ゴシゴシと洗ってきた。

啓太の目の前には鏡があって、背後に立つ多喜子の乳房を見ることができた。

同じ大きな乳房でも、紀子と多喜子ではまったく別物に感じる。

紀子の乳房は色白で、少し垂れぎみだったのに対して、多喜子の乳房は飴色で、重力に完勝している。前方に突き出した凶器のようだ。

「こら、そんなにおっぱいばかり見ているんじゃないの」

「……」

啓太は慌てて視線を伏せる。

その頭にシャワーを浴びせて、シャンプーを洗い流した多喜子は、次いでボディソープを持って、啓太の肩から背中を洗う。

「はい、次はこっちを向いて」

「っ!?」

座椅子に座ったまま体を半回転させられると、目の前に多喜子の乳房がきた。手を伸ばせば届く位置にである。

見るなと怒られた直後だけに視線を逸らそうとしたら、自然と多喜子の股間に向かってしまった。

お湯に濡れた黒い陰毛が筆の先のようになっている。

(多喜子お姉ちゃんの股間ってどうなっているんだ?)

黒い毛のせいでよく見えないのだが、男根がないことは確かである。

そんな甥っ子の興味津々《しんしん》の視線を受けて、多喜子は鼻でため息をつく。

「啓太も色気づく年齢になっちゃったのね。あたしも年を取るはずだわ」

「……」

視線の持って行き場に困った啓太は、項《うなじ》まで真っ赤にして俯《うつむ》く。自分の男根が勃起しているさまを見下ろすことになった。

「ほら、腕をあげな」

多喜子は、啓太の腕をあげさせると、腋の下をスポンジで洗い、胸元、腹、そして、太腿から脹脛を洗う。

さらにスポンジは啓太の股間にまでやってきた。

「あ、ちょっとそこは……っ!?」

「ここは特に入念に洗わないとね」

「はぅ」

泡立つスポンジで男根を包まれた啓太は、体中のありとあらゆる場所を硬くした。

多喜子は興味深そうに、手にした甥っ子の男根を弄ぶ。

「こんなに小さい完全包茎のくせに、いっちょまえに勃起はするのね」

多喜子は先端の皮を摘まみ上げた。包皮がビローンと伸びる。

「うわ、勃起しているのに、すごい皮余っている。こんな包茎ち×ちん初めて見た」

「や、やめて……」

紀子の逸物の触り方は、恐れというか、気遣いというか、どこか啓太に媚びているようなところがあった。

しかし、多喜子の触り方は、そのようなものはない。雑というのだろうか、愛が感じられなかった。

包皮を弄んでいた多喜子が、不意に高い鼻を摘まむ。

「うわ、酷い臭い。啓太、あんたここの中、洗ってないでしょ」

「う、うん……」

逸物の皮を剝いて、中を洗おうなどということは考えたこともなかった。

多喜子は真剣な顔で、甥っ子を説教する。

「いい、啓太。おち×ちんを綺麗にしておくのは男の最低限のエチケットよ」

「そ、そうなの？」

「当たり前でしょ。これを使われる女の身にもなってみなさい。汚いち×ちんなんて、だれが体に入れたいと思うのよ」

鳥居先生は、とっても美味しそうにおち×ちんにしゃぶりついてくるけど、という言葉なんとか飲み込む。

ピンと来ていない甥っ子に、多喜子はため息をつく。

「仕方ない。今日はあたしが洗ってあげるわよ」

包皮の穴に、人差し指と中指を入れた多喜子は、そのままチョキのように指間を開いた。

「ひぃ……！！！」

敏感すぎる器官に空気が触れて、啓太は震え上がった。

「多喜子お姉ちゃん、い、痛いっ⁉」

「我慢する。包茎ち×ちんなんて恰好悪いでしょ。ここが剝けてないと女の子にもてないわよ」

女子大生のお姉さんは、小学生の包茎ち×ちんを情け容赦《ようしゃ》なく、剝けるだけ剝き下ろしてしまった。

「はぁ、はぁ、はぁ……」

あまりの激痛に啓太は天井を向き、目元から涙を流し、開いた口元から舌と涎を出してしまう。

一方で、多喜子は剝き出された甥っ子の亀頭を見て眉を顰《ひそ》める。

「うわ、予想はしていたけど、恥垢《ちこう》だらけ。きったないおち×ちんね」

「……」

「いい、啓太。これはあんたの大事な武器なんだから綺麗にしておかないとダメよ。刀剣だって手入れをされているから価値があるんだから。錆《さ》びたなまくらで、女は斬れないわ」

惚《ほう》けている啓太の亀頭部を、多喜子はボディソープを含ませたスポンジでゴシゴシと磨いた。

「はひぃっ……」

敏感すぎる器官を、丸洗いされた小学生は、白目を剝いてしまった。

痛くて死にそうなのに、同時に気持ちよすぎるのだ。

美しすぎる叔母の手に包まれた男根の先端から、水鉄砲が噴き出した。

ドビュドビュドビュ……。

正面に膝立ちになった多喜子の顔から、喉、鎖骨、乳房、腹部、そして、太腿。浅黒く日焼けした肌一面に、白濁液が浴びせられた。

自分の体を見下ろした多喜子は、ワナワナと怒りに震える。

「啓太、よくもあんた。あたしにぶっかけてくれたわね」

「ご、ごめんなさい」

もはや思考停止状態になっている啓太には、泣きながら詫《わ》びることしかできなかった。

憤然《ふんぜん》とシャワーで自分の前面に浴びせられた甥の汚物を洗い流した多喜子は、クンクンとあたりの匂いを嗅ぐ。

「うわ、風呂場中が濃厚な精液の匂いでいっぱいになっちゃった。あは、こんなの嗅いだら火が点《つ》いちゃいそう」

それから射精してなお勃起している甥っ子の男根を見下ろして、多喜子は口角をニヤリと釣り上げた。

「噂には聞いていたけど。男は若ければ若いほど絶倫というのは本当だったみたいね。かわいい甥っ子の成長のために一肌脱ぐのも面白いか。悪い女に騙されないようにね」

そう嘯《うそぶ》く多喜子の表情は、まさに悪い女だった。

「啓太。風呂、上がるわよ。続きはベッドでしてあげる」

「え、なに？」

戸惑う啓太の手を引いた多喜子は、風呂場を出た。

「ほら、早く体を拭きなさい」

勃起の収まらない甥っ子の体をバスタオルで拭いたあと、自らの体もざっと拭いた多喜子は、啓太の手を引きバスタオルを巻くでもなく、素っ裸のまま二階にある自分の部屋に向かった。

そして、部屋に入るやいなや寝台の上に素っ裸の甥っ子を放り投げる。

「あ、あの、多喜子お姉ちゃん、なにするの？」

多喜子の寝台の上に乗った啓太は、不安げな表情で正座をして腰を抜かしている。それはさながら、いままさに凌辱されようとしている乙女のような姿であった。しかし、逸物だけはギンギンに勃起している。

「うふふ、頭ではわからなくても、体がわかっているということかしら？　まぁいいわ。あたしに全部任せておきなさい」

舌なめずりをした多喜子もまた寝台に飛び乗ってきた。そして、啓太の左右の足首をそれぞれ両手で摑むと、くぱぁと開く。

「はぅ」

仰《あお》向けになった啓太は、両足を豪快に開かされてしまった。

結果、毛の一本も生えていない小さな逸物が、綺麗なお姉さんの前に投げ出される。

「やめてぇ」

啓太は恥ずかしくて、両手で顔を覆《おお》った。

「うふふ、べつに痛いことをしようとしているわけじゃないわよ。とっても気持ちいい体験をさせてあげようというのに、その態度は心外ね」

多喜子の口元には嗜虐《しぎやく》的な笑みが張り付いている。

「ひーっ」

吸血鬼に捕まった乙女の気分が理解できた。これから捕食《ほしょく》される運命にあるのだと、本能が告げている。

悲鳴をあげる啓太の両足を持った多喜子は、蟹股開きで啓太の腰の上に跨《また》がってきた。

「多喜子お姉ちゃん、なにをっ!?」

「さぁ、あたしの中に入りなさい」

初剝きされて真っ赤に腫れ上がった亀頭部に向かって、綺麗なお姉さんがゆっくりと腰を下ろしてきた。

「ひぃ」

見上げる多喜子の姿は美しかった。スレンダーなのに乳房は大きく、まったく垂れずに前方に突き出している。

引き締まった腹部は啓太の小さな手でも握れるのではないかと思えるほどに細くて、手足も細くて長い。

作り物めいた美しさ。ファンタジーゲームに登場するダークエルフのような非人間的なまでに完成された造形美だ。

その圧倒的な美に怯《おび》える啓太の視界で、多喜子の股間にあった亀裂が開いた。

そこに、ぬるりと亀頭部が分け入る。そして、そのままヌプリと呑み込まれていった。

「あはっ、啓太のおち×ちん、あたしの中に入ってきたわよ」

「ああ、ああ、ああ……」

多喜子はいわゆる逆正常位で、甥っ子を呑み込んだ。

（なななな、なに、なにこれ？　気持ちいい。多喜子お姉ちゃんの中、温かくてトロトロで、おち×ちんが、おち×ちんが消化されるぅ!?　おち×ちんが溶けてなくなっちゃうよぉぉぉ〜〜〜）

胸を反った多喜子は、上から目線で悶絶《もんぜつ》する啓太を見下ろす。

「うふふ、どうかしら？　小学生で童貞卒業した気分は？　啓太の友だちにもまだ一人もいないと思うわよ、うわ」

ブルブルブルブル……。

啓太は逸物といわず、全身を激しく痙攣させた。

ブシュッ！　ブシュッ！　ブシュッ！

「あぁ」

瀑布《ばくふ》のような膣内射精をされた多喜子は、軽く目を閉じて、甥っ子の射精を味わう。

そして、射精が終わったところで目を開いた。

そして、パーマのかかった前髪を掻き上げつつ、蔑《さげす》みの眼差《まなざ》しを下ろしてくる。

「ったく、入れたと同時に出したわね」

「だって、その、多喜子お姉ちゃん、なか、ちゅごく気持ちよくて……」

怯える甥っ子を見下ろして、多喜子は嘲笑《ちょうしょう》する。

「そりゃそうだ。あたしのオマ×コは名器なのよ」

「オマ×コ？」

困惑している甥っ子を見て、多喜子は苦笑する。

「ああ、その言葉すら知らなかったか。いま啓太のおち×ちんが入っているところは、女のオマ×コって器官。おち×ちんをオマ×コに入れる行為をセックスって言うのよ。人間の、いや、動物の最高の娯楽ね。さぁ、楽しむわよ、啓太の初セックス」

舌なめずりをするとともに、多喜子はリズミカルに腰を動かしはじめた。

「ひぃぃぃぃ」

逸物を入れただけで、多喜子の膣洞は死ぬほど気持ちよかった。それなのに動かれたら、さらに気持ちよかったのだ。

グチュグチュグチュ……。

膣洞に溢れた精液が、啓太の男根によってこねまわされる卑猥な水音が、室内に響き渡る。

「多喜子、お、おねえちゃ～～～ん」

幾多の強者《つわもの》たちを撃沈してきただろう美しき鬼女に、小学生が太刀打《たち》ちできるはずもなかった。

両手をあげて完全降伏状態である。

「あっという間に三連発したわね。それなのにぜんぜん小さくならないって、小学生ち×ちんヤッバ。若いほど絶倫だと聞いてはいたけど、これはまた絞り甲斐があるわね。とはいえ、いくら初めてでも、啓太のおち×ちんはだらしなさすぎ、少しは我慢しなさい」

「だ、だって、多喜子お姉ちゃんのオマ×コ、気持ちいいんだもん」

顔を真っ赤にしてすすり泣いている甥っ子の口元に、多喜子は親指を入れて命じた。

「それでも我慢するの。早漏って、一番萎えるのよね。我慢の利《き》かない男なんて、アルコールを入れ忘れたカクテルみたいなものよ。死ぬ気で我慢しなさい。それが、いい男に育つための修行よ」

怖い叔母に脅《おど》された小学生は、頬を涙に濡らしながらコクコクと頷く。

「うふふ、かわいい」

素直な甥っ子に目を細めた、ヤリマン女子大生は啓太の両足から手を離し、代わりに啓太と手のひらを合わせて、俗に言う恋人繋ぎをして、うつ伏《ぶ》せになってきた。

「ほら、おっぱいを食べさせてあげるわよ」

「はむ」

美しい褐色《かっしょく》をした乳房が二つ、啓太の顔面を覆った。

(ああ、多喜子お姉ちゃんのおっぱいだ。ブルンブルンだ。すげぇ弾力。鳥居先生のおっぱいと全然違う。弾《はじ》き飛ばされそう)

社会人と学生の若さの違いということなのだろうか。肉がみっちり詰まったハムのようで、食べごたえがあった。

綺麗なお姉さんのおっぱいという、最終兵器で顔を覆われた小学生は完全に理性を失った。

「あう、イク、イグ、イク……」

ドビュドビュドビュ……。

「うわ、すごい、なにこのおち×ちん、壊れた蛇口みたいに、ずっと射精しているじゃない。出しても出しても大きいまんま。あたしのオマ×コ、もう精液で一杯よ。溢れちゃっている。こんなに出されたの初めてよ」

多喜子はうつ伏せになりながらも、腰だけは器用に動かしていた。

おかげで男女の結合部から溢れ返った精液が噴水のようにまき散らされる。

「多喜子お姉さん、もう、ぼく、もう、ああ……」

甥っ子の上に跨った多喜子はトロンとした顔で、恍惚の表情を浮かべる。

「やば、小学生おち×ちん、意外といい。おち×ちんのよしあしって大きさだけじゃないのね。ちっちゃいのに硬くて、オマ×コの中をゴリゴリほじられる。これが噂にきくショタち×ぽってやつなんだ。こんなにいっぱい中出しされたら、あたしまでイっちゃう、あっ、あっ、あっ」

いつしか多喜子の腰使いは、貪るような鬼腰になっていた。

「ああ、ああ、ああ……」

啓太はただ快感に翻弄《ほんろう》されて、射精を繰り返すことしかできない。

「あん、あん、あん、いいわ、このケダモノ感、最高〜〜〜」

射精を繰り返す甥っ子の上で、鬼のような荒腰を続けていた多喜子の動きが不意にピタリと止まった。

目が完全にいってしまった多喜子は、口元から涎を垂らしながらため息をつく。

「十発は出されたかな？　それでもぜんぜん萎えないでビュービュー出しまくるんだ

から、小学生ち×ぽエッグ。ショタコン女の気持ち、理解できちゃった。これはハマるわ。さすがのあたしももう限界……」

バタリ。

多喜子は、啓太に覆いかぶさったまま寝てしまった。

初めての快感に翻弄されていた啓太にはわからなかったが、多喜子もまた膣内射精を繰り返されたことで、イキまくっていたということだろう。

啓太もまた、綺麗な叔母に抱きついたまま眠りに落ちた。

＊

チュンチュン……。

鳥の鳴き声と、朝の澄明《ちょうめい》な光を浴びて、多喜子は目を覚ました。

「ううん……はぁ、え、啓太っ⁉」

目を開いた多喜子がまず見たのは、自分の乳房に顔を埋《うず》めて寝ている甥っ子の姿である。

その驚嘆《きょうたん》の声によって啓太も目を覚ました。

「あ、多喜子お姉ちゃんおはよう」

「え、ええ、まさか!?」

体中の血が一気に逆流する感覚を味わった多喜子は、慌てて現状を確認する。

自分は素っ裸で、甥っ子も素っ裸。それで抱き合って寝ていた。シーツには失禁したかのような大量の染みの痕跡《こんせき》がばっちり残っている。

昨晩なにがあったかは一目瞭然《いちもくりょうぜん》だ。

巨大な後悔を背負いながら、身を起こした多喜子は胡坐《あぐら》をかき、両手で額《ひたい》を押さえて苦悶する。

「お酒で失敗したことはいろいろあったけど、これは特大というか、最大というか、ちょっと洒落にならない……甥っ子の童貞喰っちゃった。やば〜、義姉さんに殺される」

「多喜子お姉ちゃん、どうしたの?」

無邪気《むじゃき》に乳房に触れてくる甥っ子の頭を撫でてやりながら、多喜子は天を仰いで慨嘆《がいたん》した。

「うー、酒の勢いって怖いわ〜」

第三章　幼馴染みママの爆乳搾り

「いってきま～す……あれ？」

早朝、冨永啓太が小学校に行くために家を出ると、玄関先に赤いランドセルを背負った少女の姿がなかった。

戸惑う啓太の背に、しっとりとした優しい声がかかる。

「啓太ちゃん、ごめんなさい。華帆、今日、風邪をひいてしまったみたいなの。だから、学校をお休みにさせたわ」

濃紺のワンピースを着た牧野亜矢は、庭の水やりの手を止めて啓太の下に近づいてきた。

「あ、そうなんですか？　お大事にとお伝えください」

「伝えておくわ。今日は一人だけど、気をつけていってらっしゃいね」

「はぁ～い」

亜矢に頭を撫でてもらってから、啓太は小学校に行く。

独りでの登校は久しぶりだ。少し寂しくもあり、新鮮な気分でもある。

華帆がいなくとも、学校生活は普通に行われた。

帰りのホームルームのとき、担任の鳥居紀子から声をかけられる。

「冨永くん、牧野さんへのプリントを持っていってくれるかしら？」

「はい」

「それじゃ、あとで渡すわね。教室に残ってね」

啓太と華帆の家が隣同士であることは知れ渡っている。ごく自然なやり取りとしてみな聞き流したが、冷静に考えればプリントなどその場で渡せばいいだけであり、いささか不自然だったかもしれない。

同級生の帰った放課後の教室で、啓太は独り待った。

「ごめんなさい。待たせたかしら？」

発情した牝の顔の女教師が入ってくると、啓太は積極的に抱きついた。そして、ブラウスに包まれた乳房に顔を埋める。

「ううん、先生とこういうことできるなら、ぼくいくらでも待つよ」

「まぁ、冨永くんったら……エッチなんだから」

小学生との人目を忍んでの逢引きに溺れる女教師は、嬉しそうに唇を重ねてきた。三度目ということで、慣れたという側面もあるし、叔母の冨永多喜子とさらにすごいことをやったので、吹っ切れたということかもしれない。啓太は紀子の乳房を揉んだだけではなく、スカートの中に手を入れて、股の間を握った。

「はぅ、冨永くん」

驚く紀子に、啓太は悪戯っぽく囁く。

「先生、この前、おち×ちんを食べながら、自分でここを弄っていたでしょ？」

「そ、それは……あん」

いまさらながら恥ずかしそうに視線を逸らす女教師の股間を、啓太の指は撫でまわした。

紀子は内股になって、膝下を生まれた手の小鹿のようにプルプルと震わせる。

「先生、ぼくにこうやって触られるのは気持ちいい？」

「き、気持ちいいわ……」

「やっぱり」

自分の予想が当たったことに、啓太は得意げな笑みを浮かべる。

(女性にはおち×ちんはないけど、男と同じでここを触られると気持ちいいんだ。そして、この辺におち×ちんを入れる穴があるんだよな)

美しい叔母とのセックスのとき、啓太にはなにもできなかった。一方的に入れられて、搾り取られただけである。

しかしながら、体験したことはたしかであり、女の肉体の秘密が多少なりともわかった気がした。

(オマ×コにおち×ちんを入れるのって、すっごく気持ちよかったよな。多喜子お姉ちゃんはもう二度とダメだって言っていたけど、鳥居先生ならやらせてくれる気がする)

そんな確信を持った啓太は、おそらく女穴のあるだろう場所を押し、パンストとショーツごと指をねじ込みながら訴えた。

「ねぇ、先生、ぼくお願いがあるんだけど」

「な、なに、わたし、冨永くんの願いなら、なんでも叶えてあげるつもりだけど……」

どんどん積極的になってくる教え子に困惑しながらも、気弱な女教師は請け負った。

予想どおりの返答に歓喜した啓太は、かかり気味に訴える。

「ぼく、先生とセックスしてみたい」

「っ!? 冨永くん、どこでその言葉を……」

教え子との秘め事に溺れていた女教師であったが、所詮《しょせん》は小学生と侮っていたのだろう。まさか、その先まで求められるとは思っていなかった紀子は激しく動揺した。

「ぼく先生と、セックスしたんいだ。ダメ？」

教え子にかわいらしく詰め寄られた女教師は、眼鏡のレンズの向こう側で瞳を激しく左右に動かす。

「だ、ダメよ。さすがにそれだけはダメ」

「えぇ～、なんで、ぼく先生とセックスしたい。先生のオマ×コに、ぼくのおち×ちんを入れてみたいんだ」

文字どおり子供のように駄々《だだ》をこねられて、紀子は口元を手で押さえて言葉を絞り出す。

「わたしだって、冨永くんのおち×ちんに貫《つらぬ》かれたいという思いはあるわよ、というか、いつも思っているんだけど……それだけは超えていけない一線と思って我慢してきたのよ」

「なんで、ダメなの？」

無邪気な小学生に、女教師は必死に言い訳の言葉を紡《つむ》ぐ。

「教師と生徒がセックスするなんて許されないし、まして、小学生とセックスだなんて、社会人として絶対に許されないのよ」

まさか拒絶されるとは思っていなかった啓太は、パンスト越しに陰部を弄りながら執拗《しつよう》に食い下がる。

「どうしても、ダメ？」

「ダメです。絶対にダメです。小学生でセックスするなんて早すぎるわ」

小学生に恋する淫行女教師は、なけなしの理性を働かせて必死に拒否する。

「小学生でもセックスぐらいできるよ。ぼく、先生とやってみたかったのに……」

実際にやった経験のある啓太は不満顔をするが、紀子が断固拒否する構えなのを悟って、妥協《だきょう》案を提案してみることにした。

「それじゃ、先生のオマ×コを見せてよ。ぼくオマ×コってやつを、よく見てみたいんだ。見るだけならいいでしょ？」

先日、多喜子とのセックスでは、逆騎乗位でいきなり入れられただけで、股間部分をほとんど見ていない。それだけに好奇心が刺激される。

一度じっくりと見てみたいという欲望があったのだ。

小学生にパンスト越しに股間を弄られながら言い寄られた女教師は、口元に手をやりながら困り顔で頷いてしまう。

「そ、そうね。見せるだけなら、問題ないかもしれない……どうせ中学校になれば、保健体育で勉強することでしょうからね。一年ぐらい早いくらい問題ないわよね。いいわ、ほかならぬ冨永くんの頼みだし、わたしのオマ×コ、見せてあげる」

「やった。だから、先生、大好き」

「もう、調子いいんだから……」

お気に入りの教え子の輝く笑顔を見て、若き女教師の顔はデレデレになってしまう。そして、いそいそと両手をスカートの中に入れる。待ちきれなかった啓太は、ロングスカートをぐいっと豪快にめくってしまった。

啓太の人生で初めてのスカートめくりである。

「あん、エッチ……」

含羞を嚙みしめた紀子の両手の親指は、白いパンティストッキングの腰の部分にかかっていた。

「ねぇ、早く」

目をキラキラとさせた教え子に急《せ》かされて、紀子はパンティストッキングと紫のショーツを同時に下ろした。

白い肌に、黒い陰毛で彩りを添えた股間が露となる。下腹部に丸く広がった陰毛は、多喜子に比べると濃い。いや、多喜子の陰毛は整えられていたのに対して、紀子の陰毛は整えられていないという違いだろう。

その天然ものの陰毛の奥から粘着質な糸が引き、パンティの裏地との間に縦橋を作った。

紀子の手は、太腿の半ばで止まった。

「こ、これでいい……？」

啓太はその場でしゃがみ込み、女教師の股間を覗き込む。

「うわ、すごいビショビショ……先生おしっこ漏らしている」

啓太の感想に、紀子は慌てた。

「あの、冨永くん、わたし、たしかに濡れすぎというか、たぶん、濡れやすい体質なんだとは思うけど……これは、おしっこではないからね。女は、その……興奮すると濡れるの。これは愛液と言うのよ。わたしのオマ×コは、冨永くんの前でいつもこんな感じになっているの」

「へぇ、そうなんだ。あ、先生、スカート、ちょっと持っていて」

スカートの裾を紀子に持たせた啓太は、陰毛に彩られた股間とパンティの間にできた粘液の橋を指で掬った。橋はプツリと切れる。

親指と人差し指の間を閉じて開くと、ネチャーと納豆のように糸を引いた。

その指に付着した液体を、啓太は恐るおそる口に含む。

「美味しい。これが先生のおしっこ、違った。愛液の味なんだ」

少し塩っぽい味がするだけなのだが、啓太の舌にはとっても美味に感じた。

「は、恥ずかしすぎる……」

羞恥に顔を真っ赤にして俯く女教師であったが、同時に年下の少年の玩具になっている状況が嬉しそうである。

その証拠というかのように、肉裂からドロリと愛液が溢れ、再びパンティの裏地との粘液の橋ができた。

好奇心を抑えきれない小学生は、女教師の股を下から覗き込む。

「先生、この毛の奥にある割れ目がオマ×コ？」

「そ、そうよ……」

男根はないかわりに肉溝があり、そこからドロッとさらに大量の蜜が降って、啓太の顔にかかった。しかし、スカートなどの影のせいで中身がよく見えない。

「ねぇ、先生、これじゃ、オマ×コがよく見えない。もっとよく見えるように足を開いてよ」

「もう、仕方ないわね」

小学生にアマアマな女教師は、羞恥に震えながらも白いパンストと紫のパンティを両足から抜いた。

それから生徒の使う机の上に腰を下ろすと、足を豪快に左右に開く。そして、改めてロングスカートをたくし上げた。

「これでいいの？」

上半身は女教師らしい服装のまま大股開きとなった紀子は、顔を背けた。

「うわ、先生、足長い」

開脚している女性を正面から見たことがなかったせいか、その足の長さに圧倒される。

それから白い肌に茂る、濡れた黒い陰毛。その向こうに褐色の大陰唇が見える。

「うわ、オマ×コってこうなっているんだ……」

感動した啓太は、紀子の尻の置かれたすぐ下の机に両手を置き、かぶりつくようにして、女性器を観察する。

「はぁ……」

少年の好奇心に満ちた眼差しを局部に受けた女教師は、開いた両足をプルプルと震わせながら耐えた。

「オマ×コの下にあるのがお尻の穴だよね。先生にもお尻の穴ってあるんだ」

「それは、あるわよ」

尻の穴まで観察されて羞恥に悶える女教師を、無邪気な教え子はさらに追いつめる。

「先生みたいな美人でも、うんちするんだ」

「……」

真面目な女教師は沈黙で答える。その間に、啓太のほうは矯《た》めつ眇《すが》めつ、肉裂を覗き込む。

「あは、先生のオマ×コから愛液がいっぱい溢れてきて、先生の肛門まで流れている」

「……」

視姦の恥辱に必死に耐えていた女教師であったが、教え子があまりにも喜んでいるものだから、サービスしたい気分になったようだ。恐るおそる提案してくる。

「オマ×コの中まで見たい?」

「え、中？」

困惑する啓太に、紀子は両手を下ろすと、肉裂の左右に指を置いた。

「その……ここって開くのよ」

「っ!?　そうなんだ！　見たい！　先生のオマ×コの中まで全部見たい！」

「はぁ〜、わかったわ」

諦めの吐息を一つついた紀子は、不安そうな顔で説明する。

「冨永くんが見たいと言うのなら、見せてあげてもいいけど……その、あんまり綺麗なところじゃないわよ。幻滅《げんめつ》させちゃうかもしれない……」

「そうなんだ。でも、先生の体、隅々まで全部見たいから見せて」

「わかったわ。先生の秘密、全部冨永くんに見せてあげる。特別だからね。先生のオマ×コを見て勉強しなさい」

放課後、小学校の教室。おとなしいことで評判の女教師は勉強机に座って、教え子の前で陰唇をくぱぁと開いてみせた。

左右の肉羽根の間にヌチャと糸が引いている。

「どお、これが本当のオマ×コよ」

「うわ、すげぇ、これが先生の本当のオマ×コなんだ。あ、でも、汚くないよ。すっごく綺麗。濡れてテカテカと光っているし。それにいい匂い」

興奮した啓太は、開かれた女性器に鼻を近づけて、クンクンと匂いを嗅ぐ。

「あ、ありがとう。それじゃ説明してあげるわね。この上のところにある突起がクリトリスよ。女にとってのおち×ちんみたいなものよ。とっても敏感なの。この下に見える穴が、ヴァギナ。おち×ちんを入れるところ。ここにおち×ちんを入れる行為を、セックスと言うのよ」

「あ、ここがおち×ちんを入れる穴なんだ」

啓太が覗き込む先で、膣穴の入り口は、パクパクと魚の口のように開閉した。

(多喜子お姉ちゃん、この穴にぼくのおち×ちんを入れたわけか)

先日やられたセックスの秘密がようやくわかった気分である。しかし、まだまだ秘密があるに違いない。それをすべて解明したかった。

「先生、ぼく、この穴の奥も見てみたいな?」

「え、ヴァギナの奥……こ、こんな感じでいいかしら?」

毒を喰らわば皿までといった心境だろう。紀子は膣穴の四方に、人差し指と中指を添えて、ぐいっと開いた。

その小さな穴を啓太は覗き込む。

「ビショビショでよく見えないな」

「だ、だって、これってすっごく恥ずかしいのよ」

「恥ずかしいと濡れるの？」

純粋な少年の疑問に、穢《けが》れた大人の女教師はよりいっそうの恥ずかしさに悶えながら答える。

「えーと、冨永くんの前で恥ずかしいことをやっていると興奮して濡れちゃうの」

「ふ～ん、そういうものなんだ。ねぇ、中までよく見たいから拭いていい？」

「え、ええ……」

紀子が戸惑いながらも頷いたので、啓太は朝、母親から持たされた真新しいハンカチを取り出した。

それで、女教師のビショビショになっている陰唇を拭う。

「ああ……こんなの恥ずかしすぎるぅ」

死ぬほど恥ずかしそうにしている女教師の陰唇を、啓太はハンカチで丁寧に拭った。

「拭いても拭いても愛液が溢れてくる。先生のオマ×コって、なんと言うか、とってもエッチだよね」

「ああ、そういうことは言わないで。冨永くんの前でこんなことをしているんだから、先生、ドキドキが止まらないのよ」

無限に溢れ出す泉のように思えた穴であったが、何度も拭き取っていると、中身が確認できるようになってきた。

そこで啓太は膣穴を、覗き込む。

「う～ん、暗くてよく見えないな。あ、そうだ。いいものがあった」

不意に思い立った啓太はランドセルの脇に吊るしてあった携行用の小さなライトを取り外して持ってきた。

「ちょ、ちょっとなにをするつもりっ!?」

驚く紀子を他所に、啓太はペンライトで、女教師の膣穴の奥を照らす。

「ひぃ」

成人男性であったなら、女の身を慮《おもんぱか》ってこんな失礼なことはできないだろう。お子様故《ゆえ》の残酷なまでの率直さであった。

ピンク色の肉穴が、奥まで照らされる。

「へぇ～、オマ×コの中ってこうなっていたんだ。この中におち×ちんを入れたら、気持ちいいんだよねぇ」

「あ、ああ、こんなの……いくらなんでも恥ずかしすぎる。女としての尊厳《そんげん》が……あぁ、でも冨永くんの願いは叶えてあげたいし……あぁ、わたしの全部を冨永くんに見られている、見られちゃっている」

女には被虐の歓《よろこ》びというのがあるらしい。愛しい教え子に視姦されながら紀子は恍惚としていた。

しかし、その酔いが啓太の呟《つぶや》きで凍りつく。

「あれ？　なんだろ、これ、白い膜みたいなのがある。こんなのあったら、これ以上、おち×ちん奥まで入らないと思うんだけど……」

紀子はビクンと震えた。それから恐るおそる答える。

「と、冨永くんが見ているのは、その、た、たぶん、しょ、処女膜だと思う」

「処女膜？」

初めてきく単語に啓太はキョトンとしてしまう。それを見た紀子は含羞を嚙みしめながら説明する。

「セックスしたことのない女の証《あかし》よ」

「先生、セックスしたことないの？」

「は、恥ずかしいんだけど、わたし、まだセックスをしたことがないの。わたし、その……男の人って怖くて苦手で。冨永くんみたいにかわいい男の子なら平気なんだけど。べ、べつに変態というわけではないのよ。好きになった相手がたまたま小学生だったただけで……」

羞恥に震えながらも、紀子が必死に言い訳していた最中である。

「ふぅ～ん」

不意に啓太は右手の人差し指を一本伸ばすと、女教師の膣穴にズボリと根元まで入れてしまった。

処女膜と言っても完全に塞がっているものではない。月経を通すための穴は開いているものだ。

そこを小学生の小さな指は通り抜けてしまった。啓太の指先は、女の最深部のボタンのような部分を捕らえる。

「ひぃぃぃぃぃ、そこはダメぇぇぇぇ、抜いて、抜いて、抜いてちょうだい」

自分でも触れたことのない子宮口を触れられてしまった女教師は、顔を真っ赤にして懇願《こんがん》した。

紀子の様子がただ事ではないと察して啓太は指を抜く。

「はぁ、はぁ、はぁ、はぁ～」

荒く呼吸した紀子は安堵のため息をついた。

「冨永くん、わたし、冨永くんにならなにをされてもいいんだけど、そ、そこに指を入れるのは……勘弁してちょうだい。先生も女として、処女膜はやっぱり指よりも、おち×ちんで破ってもらいたいわ」

「ごめんなさい。でも、先生のオマ×コにおち×ちん入れちゃダメなんでしょ」

怒られてふてくされた顔をする教え子を前に、女教師は媚びた表情になる。

「未来永劫《えいごう》にダメというわけではないのよ。わたしとしても、冨永くんのおち×ちんで処女を卒業するのは夢なんだから。でも、教員としていまはダメなの。冨永くんが卒業したら、わ、わたしなにを言っているのかしら。中学生でも問題よ」

「……」

煩悶《はんもん》する女教師を、教え子はきょとんとした顔で見ていた。

それと気づいた紀子は、慌てて提案する。

「ヴァギナに指を入れるのは許してほしいんだけど、他のところに触れるのはべつにかまわないわよ。たとえば、このクリトリスとか」

「ここ」

啓太は言われるがままに、人差し指の腹で、促された陰核に触れてみた。

「ああん」

「ここ、気持ちいいの？」

啓太はゆっくりと陰核をこねまわす。拭ったはずの愛液が、また一気に噴き出した。

「ええ、とっても気持ちいいわ。そこ女の急所なの」

「へぇ」

「あん、あんあん、上手、上手よ、あん、あん」

小学生の指一本で、だらしない大開脚中の大人の先生が無様《ぶざま》に喘いでいる。その光景が面白く、啓太は熱中してしまった。

「ああ〜ン、わたし、もう、もう、ダメぇぇぇ」

紀子は机の上で仰向けに倒れてしまった。そして、白い下腹部を激しく上下させ、開いた陰唇の奥で、膣穴をパクパクと開閉させた。

お尻の乗った机の表面には失禁したような、水たまりができてしまった。

「先生、大丈夫？」

いささか驚いた啓太が質問すると、紀子は両手で顔を覆いながら応じた。

「ええ、大丈夫よ。イッただけだから……冨永くんにイカされちゃったわね、わたし……恥ずかしい。小学生の教え子に観察され挙句に、指一本でイカされちゃうなんて……いい大人なのに……」

紀子はすすり泣いている。

その心理が、啓太にはよくわからなかったが、とりあえず友人の机が濡れたままなのはまずかろうと思い、愛液の泉を拭いてやる。

それから気弱な恩師を慰めてみた。

「先生、元気出して……」

「はぁ〜小学生に慰められるわたし……はぁ、わたしってなんてダメ教師なのかしら？」

なんとか理性を取り戻した紀子は、身を起こす。

「冨永くん、今日はここまでにしましょう。さすがに、もう限界。わたし、これ以上は耐えられない……」

「うん、わかった」

もっと続けたいと思った啓太であったが、紀子の精神状態を考えると、これ以上のお願いをするわけにはいかないだろう。

机から降りた紀子は、いそいそとパンストとパンティを穿きなおした。

それから部屋を出ようとした紀子であったが、振り返り啓太に躊躇いがちな声をかけてきた。

「冨永くん、今度の日曜日、その……時間はある」

「うん、あると思うよ」

特に親がどこかに連れていってくれるという約束はなかったと思う。

「わたしの家に遊びに、いや、勉強に来ない？」

「勉強？」

日曜日にまで先生と勉強したくない。そんな心理が顔に出てしまったのだろう。それを見た紀子は慌てて言いなおす。

「だ、だから、保健体育の勉強よ。学校ではダメだけど、学校の外なら、わたしは教師ではなく、ただの女ということで、冨永くんとセックスしても許され……ないことはないかな、と思って……」

「セックスさせてくれるの？」

瞳をキラキラと輝かせる啓太の顔を、眩《まぶ》しそうに見つめながら紀子は躊躇いがちに頷く。

「ええ、冨永くんがどうしてもやりたいと言うのなら……その、す、少しだけよ」

「やった！　今度の日曜日、先生とセックスできる！」

「そ、そんな大きな声で」

歓喜する啓太の口を、紀子は慌てて塞ぐ。

「いい、内緒だからね。わたしとセックスするなんて、だれにも言ってはダメよ。冨永くんにだけ特別なんだからね」

「うん、わかった。だれにも言わないよ」

「それなら、今度の日曜日、学校に来なさい。わたしの車で、わたしの家に案内するわ」

かくして、啓太は女教師と一線を越える確約をえた。

＊

「学校のプリントを届けにきました」

小学校から下校した啓太は、自宅に帰る前に隣の牧野邸に出向いた。

玄関の扉を開いて現れたのは、翠髪の淑女である。

濃紺の体の線がよくわかる高級そうなワンピースを着て、胸元には真珠のネックレスをぶら下げている。

華帆の母親である亜矢だ。

「まぁ、啓太ちゃん。わざわざありがとう。でも、ごめんなさい。華帆はちょうど薬を飲んで寝ているのよ」

「そうなんですか。では、お大事にと伝えてください」

目的を果たした啓太が退散しようとすると、亜矢に呼び止められた。

「待って。わたくしの作ったケーキあるけど、食べていかない？ ついいつもの癖で作ってしまったのよ」

学校から帰った華帆と啓太が、牧野邸で宿題をし、そのとき亜矢の出してくれる手作りケーキをおやつとしていただくのは日課だ。

「えーと、それじゃ、いただきます」

断るのも悪いと思った啓太は頷いた。

「よかった。啓太ちゃんが食べてくれないと捨てるところだったわ。さぁ、上がって」

「お邪魔します」

玄関で靴を抜いた啓太は、いつもは二階の華帆の部屋に直行するのだが、今日は、リビングに通された。

高級そうな大きなソファに座った啓太の前の、足の低いガラスのお洒落なテーブルに亜矢の手作りケーキと紅茶を出される。

「どうぞ、召し上がれ」

「いただきます」

啓太は遠慮なくいただいた。

向かいに腰かけた亜矢は、目を細めながらうっとり見つめてくる。

(うーん、見られながら食べるのって、なんか居心地が悪いな)

全身を舐めるように見られている気がする。

(華帆ちゃんのお母さんって、すっごい美人で優しいんだけど、なんと言うかちょっと怖い気がするんだよな)

こんなに優しいオバサンに対して、失礼だとは思うのだが、少し苦手意識を感じる啓太であった。

「どお、美味しい？」

「はい。とっても美味しいです」

「うふふ、いい食べっぷり。やっぱり男の子はいいわね。わたくしも男の子が欲しかったわ」

啓太としては、どう答えていいかわからない。ただ、全身に絡みつくような亜矢の視線に居心地の悪さを感じた啓太は、なにげなく視線を下げる。

白い膝小僧が見えた。

家にいるからなのか、亜矢は生足である。

ソファに腰をかけたことでワンピースの裾が捲れたようで、かなり深いところまで覗いていた。思わず視線が吸い込まれる。

(なんか、もうちょっとでパンツ見えそう。華帆ちゃんのお母さんの股間にも、鳥居先生みたいなオマ×コがあるのかな?)

先ほどまで見せてもらっていた紀子の女性器が、幻想となって浮かんだ。

視線が吸い込まれそうになる啓太に、亜矢が声をかけてくる。

「うふふ、ケーキまだあるけど、おかわり持ってきましょうか?」

現実に戻った啓太は、慌てて紅茶を煽《あお》る。

「いえ、大丈夫です。アチっ!」

「あらあら、慌てないで。ゆっくり食べなさい」

「はい」

顔を上げた啓太は、今度は亜矢の胸元に視線を吸い込まれた。

(華帆のお母さんって、おっぱい大きいよな)

紀子や多喜子の生乳を見たことで、亜矢の乳房が具体的に妄想できてしまう。

（あの二人より大きなおっぱいって、いったいどんななんだ？）

そんなことを考えていると、亜矢が苦笑まじりに口を開く。

「啓太ちゃんって、最近、よくわたくしのおっぱいを見ているわよね」

「ぶっ」

動揺を隠しきれなかった啓太は、手にしていたフォークを落してしまい、クリームがズボンに付いた。

「あらあら、いけない」

ナプキンを持った亜矢が、ガラスのテーブルを回って、啓太の左に座った。そして、啓太の股間を拭く。

「ご、ごめんなさい」

赤面して謝る啓太に、亜矢は首を横に振るう。

「ううん、いいのよ。男の子はそれで普通なんだから。女性に興味がないほうが問題よ。でも、啓太ちゃんって、華帆よりも、わたくしの体のほうをエッチな目で見ていることのほうが多い気がするわ」

「そ、そんな……」

たしかに華帆に、性的な魅力は感じていなかった。あくまでも幼馴染みで、友だちである。遊びの延長として乳房を見せてもらったのであって、やりたいという強烈な渇望《かつぼう》は感じなかった。

しかし、亜矢に指摘されたことで、啓太は気づいてしまう。

(ぼく、華帆ちゃんのお母さんにムラムラしていたんだ……)

そんな自分の気持ちを正直に答えることができず、押し黙る少年の股間を、亜矢はズボン越しに拭きつづける。いや、明らかに扱いてきた。

「あらあら、わたくしみたいなオバサンを相手に、おち×ちんを大きくしちゃって。うふふ、これは華帆に嫉妬されちゃうかしら?」

亜矢の色香に当たられたということもあるが、今日の放課後の教室で、紀子とペッティングしただけで、自分は射精しなかったということも影響していたのではないだろうか。

ズボンを突き破りそうな勢いで勃起してしまっている。

どこまでも上品に亜矢は左手で啓太の左肩を抱いてきた。大きな乳房が啓太の右肩に当たる。

「ご、ごめんなさい」

「だから、謝る必要はないわ。若いとおち×ちんの制御ができないのよね」

亜矢はごく自然に、啓太を横たえる。気づくと啓太は、長椅子に横になり、亜矢に膝枕をされたかたちになっていた。

啓太の視界を、濃紺のワンピースに包まれた乳房が、庇《ひさし》のように塞ぐ。

「啓太ちゃんから見て、わたくしってどう見えているのかしら？」

「え、すっごく綺麗。美人で、色っぽくて、おっぱい大きい」

思考停止に陥った啓太は、見たままのことを口走ってしまった。

「あらあら、そんなに褒められたら照れちゃうわ。そこまで言うなら、いっそ、おっぱいに触ってみる？」

「え？」

困惑する啓太の横で、亜矢は両手を首の後ろに回し、ホックを外したようだ。ペロリとワンピースの上体が捲れた。

黒地に白いレースのついたブラジャーが露となる。

同じお洒落な下着でも、多喜子のような先鋭的な雰囲気ではなく、上品に高級感のある下着だ。

思わず見とれる啓太の視線の先で、亜矢は両手を背中に回して、ブラジャーを外す。

ボヨンという擬音が聞こえてきそうな、巨大な乳房が露となった。

「はい、どうぞ」

上品な淑女が前かがみとなって、大きな乳房を下げてきた。

(なに、このおっぱい？　デカい。デカすぎ、パンケーキかなんかですか？)

紀子や多喜子の乳房も十分に大きいとは思っていたが、亜矢の乳房は次元が違った。

啓太の頭よりも大きいのではないだろうか。

当然、重力には負けていた。

どっしりとした乳肉が、釣り鐘型にぶら下がっている。乳の下に鉛筆を入れたら挟まって落ちてこないのではないかと思える。

先端の乳首も大きい。乳輪の直径は、紀子や多喜子の倍以上あるだろう。

それが啓太の鼻先にきたのだ。

「触ってみたくないの？」

亜矢は小首を傾げてみせる。

「え、ええーと、触らされていただきます」

啓太は両手を伸ばして、それぞれの手に巨大な肉の塊《かたまり》を摑んだ。

(なに、このおっぱい、ふかふかだ。柔らかい。それに重い。オバサン、いつもこんな重たいものを持ち歩いていたの？）

巨大な乳房の触り心地に酔いしれた啓太は、気づいたときには乳首を咥えていた。

（オバサンのおっぱい、いい匂い）

母親と同世代の女性の乳房である。啓太は赤ん坊に戻ったかのように、乳首を夢中になって吸ってしまった。

それを見下ろして、亜矢は苦笑する。

「あはっ、そんなしゃぶりついても、母乳は出ないわよ」

たしかに母乳は出てこない。しかし、甘いミルクの香りがする気がした。啓太は夢中になって吸いつづける。

「うふふ、かわいいい」

目を細めた亜矢は、啓太の後頭部を左手で抱き、右手だけで器用にズボンとブリーフを下ろした。

ピコンと小学生の陰茎が、人妻の前に飛び出した。

「あらあら、啓太ちゃんったら元気ね」

「……」

いまさら啓太に、抵抗のすべはない。妖しく笑った人妻の繊手が、小学生の陰茎を捕らえた。

「っ!?」

俗に言う「授乳テコキ」と呼ばれる体勢になっていた。

これは人妻による、脱出不可能な少年完全捕獲体勢と言っても過言《かごん》ではないだろう。

(オバサンのおっぱい大きくて、甘くておいしい。それに、おち×ちんも気持ちよすぎる)

多喜子に風呂場で触れたときは、包皮を無理やり向かれて、中を洗われるという非常に暴力的なもので、楽しめるものではなかった。

紀子は愛情を込めて男根に触れ、フェラチオをしてくれたが、少年愛をこじらせている処女である。その触り方は非常にぎこちなかった。

それに比べて、亜矢はさすがに人妻である。男の生態をよく心得ていて、男根の触り方も実に手慣れているように感じた。

シコシコシコ……。

小学生の陰茎は、淑女の手の中で優しく弄ばれる。

「ああ、ああ、オバサン、もう、ああ、イクぅぅぅ」

ドビュ！　ドビュ！　ドビュッ！

淑女の手の中で、少年の逸物は爆《は》ぜてしまった。啓太が射精している間も、亜矢は優しく扱いてくれる。

終わりなく溢れていた精液もやがては収まり、真っ白になった自らの手を見て、亜矢は目を細める。

「あらあら、こんなにいっぱい出せるなんて、啓太ちゃんもすっかり一人前の男の子ね」

「はぁ、はぁ、はぁ……」

喘ぐ少年を膝に乗せたまま、亜矢は手に付いた白濁液をナプキンでゆっくりと拭う。それから改めて、啓太の陰茎を覗く。

「うふふ、さすがに若いわね。一度、射精したぐらいでは収まらないのね」

「はい」

赤面しながらも啓太は頷いた。

(華帆ちゃんのお母さん、すごいエッチだ)

啓太の本能がそう告げていた。

多喜子や紀子とは格が違う。なんかすごいことをされる、いや、やってもらえるという期待に胸が躍る。

鼻息を荒くしている少年をあざ笑うかのように、人妻は小首を傾げる。

「困ったわ。啓太ちゃんのおち×ちん、どうしたら収まるのかしら？　啓太ちゃん、次はなにをしたいの？」

「えっ⁉」

意味ありげに質問されて、亜矢がなにかを言わそうとしていることを啓太は悟った。

（え、えーと、なにを言えばいいんだ）

必死に考えた啓太であったが、結局もっとも欲望に正直に答えてしまった。

「せ、セックスしたいです。華帆ちゃんのお母さんとセックスしたいです」

「あらあら、自分の娘の同級生に求められるだなんて……恥ずかしいわ」

言葉とは裏腹に、亜矢はまんざらでもないといった顔である。

「わたくしも啓太ちゃんのこと嫌いではないのよ。でも、娘のボーイフレンドを寝取るというのは、母親としてどうかと思うのよね。それに啓太ちゃんみたいなかわいい男の子の最初の女が、わたくしみたいなオバサンでいいのかしら？　啓太ちゃんみたいな美少年だったら、これからいくらでも素敵な女性と巡《めぐ》り会えると思うのよ」

右手で頬を押さえて困り顔をした亜矢は、チラリと啓太の顔を見る。

それは「あと一押ししたら、わたくしは落ちるわよ」という大人の女の駆け引きというものだろう。

そんな目に見えない誘いに乗せられて、啓太は身を起こし、ソファに正座をして必死に訴える。

「ぼく、オバサンがいいです。オバサンにセックスを教えてもらいたいです」

「うふふ、そこまで言われたら仕方ないわね。娘のために一肌脱ごうかしら？　やっぱり、経験豊富な男性のほうが女性は幸せになれると思うわ」

ソファから立ち上がった亜矢は、上半身の捲れていたワンピースの下半身部分をポトリと床に落とした。

巨大な乳房はもちろん、白く細い腹部、黒いレース付きのパンティに包まれた大きな臀部という非常に凹凸に恵まれた裸体が露となる。

「どうかしら？」

「すっごく綺麗です」

母親と同世代の女性の裸体を見上げながら、啓太は生唾を飲んだ。

単純に美人というだけならば、スレンダーな多喜子、清楚な紀子も決して負けていないと思う。

しかし、亜矢の醸《かも》し出す色気は、一線を画《かく》していた。

脂が乗りきった鮮魚というのだろうか、すごく美味しそうなのだ。

「ありがとう。嬉しいわ」

自分の裸体が、少年を悩殺しているのが嬉しくて仕方がないといった笑みを浮かべた亜矢は、いそいそとレースのパンティを脱いだ。

黒々とした陰毛が炎のように逆巻《さかま》いている。

(うわ、すごい。鳥居先生や多喜子お姉ちゃんよりも、圧倒的に濃い)

まさに剛毛といえる陰毛だった。

陰毛の生え方ひとつとっても、女性ごとにまるで違うのだと実感させられた。

「うふふ」

少年の食い入るような視線を楽しみつつ、裸となった淑女は、長椅子に仰向けに横たわると、はしたなくもむっちりとした白い大股を開いた。

肉裂が開いて、濡れた媚肉が露となる。

(うわ、オバサンのオマ×コだ)

啓太はわずか数時間の間に、年上の女性器を立てつづけに見てしまった。

紀子ほどは濡れてはない。紀子はとにかく大洪水であったから、あれは普通ではなかったと思う。

それに対して、亜矢は赤黒い肉がしっとりと濡れている。高級な貝の中身のようだった。非常に生々しい。

「さぁ、いらっしゃい」

色気の塊のような人妻に手招きされた少年は、餌を出された犬のように尻尾を振って這いよる。尻尾とはもちろん、いきり立つ陰茎だ。

「あ、あのおばさん、本当にいいの？」

亜矢の股の間に入り、膝立ちとなった啓太は、眼下の圧倒的な美貌を前に怖気ずいてしまった。

「うふふ、なにを怖がっているのかしら？　大丈夫よ。な〜にも怖くないわ」

「あ、はい」

「入れるところはわかる？　ここにある穴に、おち×ちんを入れるのよ」

亜矢は自ら、陰唇を開いてくれた。

（うわ、本当に、華帆ちゃんのお母さんに入れていいんだ……）

昔からすごい美人のお母さんだとは思っていた。しかし、まさか自分とこういう関係になるとは夢にも思っていなかった。

いや、そもそも問題として、性欲というものに目覚めてから一週間も経っていないのだ。

(このオマ×コの中におち×ちんを入れたら、絶対に気持ちいいに違いない)

多喜子の膣洞に入っているときは、滅茶苦茶気持ちよかった。その多喜子よりも、滅茶苦茶色っぽい淑女である。おち×ちんを入れて気持ちよくないはずがない。

緊張と興奮に震えながら、いきり立つ逸物を構える。

(こ、ここの穴に入れるんだ……)

初体験のときは、多喜子に強引に入れられただけだ。自分から入れたわけではない。初めて自分から入れるという行為に、視界が狭窄《きょうさく》する。濃い陰毛のせいもあってよく見えない。

「い、いきます！ あれ？ ごめんなさい。これで、あれ？ おかしいな」

何度入れようとしても上手く入れられず、焦った啓太が嫌な汗をかいていると、そっと男根を持つ手の上に繊手を添えられた。

「焦らないで。もう少し下よ。うん、ほら、そこ、ぐいっと押し込んで」

優しいオバサンの導《みちび》きによって、なんとか切っ先を膣穴に添えることに成功した。

「こ、こうですか？ あふ」

言われるがままに腰を進めると、スポンと男根が淑女の白い腹の中に呑み込まれた。

啓太は初めて自分から女性の体内に入ったのだ。

「どうかしら？　オバサンの中に入った感想は？」

「き、気持ちいいです」

（はぅ、多喜子お姉ちゃんとぜんぜん違う）

多喜子の膣洞はキツキツだったのに対して、亜矢の膣洞はヤワヤワだった。

トロットロの触感。それは口に入れたらトロリと溶けてしまう極上マグロの背脂に包まれたかのような感覚だった。

単純な締まりのよさという意味なら、多喜子のほうが上だったと思う。

しかし、女性器のよしあしは、締まりの強弱だけでは測れないものだと、啓太は十一歳にして実感した。

「オバサンのオマ×コ、すっごく気持ちいいです。おち×ちんが溶けてなくなりそう」

気持ちいいのは、膣洞だけではなかった。啓太の眼下には巨大な双乳がある。先ほど授乳テコキをしてもらったが、あれではこの極上乳房を堪能《たんのう》しきれなかったと思う。

本能の赴《おもむ》くままに両手を伸ばし、双乳を鷲掴みにししつつ、胸の谷間に顔を突っ込み、顔全体で柔らかい乳肉を堪能する。

「オバサンの体、すごい」

感動している啓太を、亜矢は目を細めて見下ろす。

「それじゃ、次は腰をゆっくりと動かしてみて」

「あ、はい。こんな感じ……はぅ」

トロトロの媚肉が、男根を離すまいと絡みついてきた。そのあまりの気持ちよさに啓太は悶絶する。

ドビュビュビュビューーー。

「あらあら、先に抜いてあげたのに、もう出してしまったのね」

亜矢の失望の声を聴いて、啓太は慌てて顔を上げる。

「もう一回、もう一回いい？」

体内に咥えている男根が、まったく小さくなっていないことを察したのだろう。亜矢は満足げに頷く。

「まぁまぁ、若い子は元気よね。いいのよ。啓太ちゃんの気が済むまで頑張りなさい」

「ありがとうございます。今度こそ頑張ります」

二度目の射精をしたことで、男根も少しは落ち着いた。

勇《いさ》んだ啓太は、腰を動かす。

「焦らないでいいのよ。啓太ちゃんのペースでゆっくりと楽しめばいいの」

男根が飛び抜けることに不安を感じたのか、亜矢は両手で啓太の背中を抱き、両足を腰に絡めてきた。若い男を絶対に逃がさないとホールドしたかのようである。

それでも啓太は腰を動かした。亜矢の脚のおかげで、男根が抜ける心配もなく思いっきり腰を使うことができる。

パンッ！　パンッ！　パンッ！　パンッ！

十一歳の若々しい少年の肉体と、三十四歳の熟れきった牝の肉体が激しくぶつかり合う。

「ああん、激しい」

のけ反った亜矢の呟きに、不安になった啓太は乳房の中から顔を上げる。

「これじゃダメなの？」

「ううん、ダメじゃないわ。わたくしのことなんて気にしないで、啓太ちゃんの思いどおりに腰を使っていいのよ」

「わかった」

亜矢に促されて、啓太はとにかく力の限り腰を使った。

「さすが男の子ね、たくましいわ、あん、あん、あん」

若いオスの獰猛《どうもう》なまでの突進を、熟れた牝は全身で受け止めてくれる。

（ああ、なんかすごい安心感……）

大きく柔らかな体をした亜矢なら、どんな欲望でもすべて受け止めてくれそうだ。

その広い懐《ふところ》に甘えて、啓太は夢中になって腰を使い、そして、射精した。射精しても、まったく勢いを緩めずに腰を使いつづけ、また射精する。

そのいつ終わるとも知れぬ連続膣内射精に、啓太の頭を抱いた亜矢は目を白黒させた。

「あん、若い子がセックスを知ると、本当におサルさんになってしまうのね。かわいいわ。こんなに激しく求められたの、初めて、あん、わたくしまで獣になってしまう、ああん、いいわ、もっと、もっと頑張って」

優しいオバサンに煽られて、啓太はひたすら狂ったように腰を振りつづけた。

夕食のために帰宅しなくてはならなくなった時刻までの、約二時間。啓太はひたすら腰を振りつづけ、射精を繰り返したのだ。

「はぁ、はぁ、はぁ……こんなに中出しされたら、華帆に弟ができてしまいそうね……」

若いオスに食い散らかされた牝は、膣穴から逆流する大量の白濁液を見てため息をつく。

思う存分に射精した啓太もまた、やりすぎたと思い謝罪する。

「ごめんなさい」

「いいのよ。オバサンは大人だから、ちゃんと処理の仕方を知っているわ」

全身汗だくとなって疲れ果てていた亜矢だが、身を起こすと啓太の身支度を整えてくれた。

「わたくし相手にならいくら激しくてもいいんだけど、華帆相手にこれをやったら嫌われるわよ」

「えっ、そ、そうなの？」

「処女の相手は難しいんだから、もっと練習しないとね」

悪戯っぽく笑った亜矢は、困惑している啓太の頬にチュッとキスをした。

「華帆がピアノ教室に行っているときに、遊びに来るといいわ」

第四章　牝堕ち先生の猥褻授業

「多喜子お姉ちゃん、今日いるんだ」

土曜日、小学校は半日で終わる。

冨永啓太が帰宅しても共働きの両親はいない。代わりというわけではないが、珍しく叔母の冨永多喜子が在宅していた。

大学が休みだったようである。

「まぁね、啓太、あんたもパスタ食べる？」

「うん、食べる」

「待っていなさい。いま作ってあげるから」

ワンショルダーのTシャツとジーンズのホットパンツ姿というラフなのにお洒落な部屋着の多喜子は、軽快な音楽を聴きながら、パスタとレトルトのパックを茹でだした。

「ほいっ」

ダイニングテーブルに置かれた皿には、パスタの上に溶き卵とチーズのソースがかかっていた。いわゆるカルボナーラスパゲッティである。

その上に刻んだドライパセリが添えられているのが、多喜子の一手間といったところか。

「ありがとう」

叔母の手料理を、啓太はありがたくいただいた。

基本的にインスタントであるから、味は可もなく不可もなくといったところだ。

向かいの席で、ソバージュのかかった黒髪を掻き上げながらフォークでパスタを食べだした叔母の顔を、パスタを回しながら啓太は盗み見る。

(多喜子お姉ちゃんって、やっぱすっごい美人だよな)

担任教師の鳥居紀子のような山奥にひっそりと咲く清楚な百合のようなたたずまいとも、幼馴染みのお母さんである牧野亜矢のような絢爛《けんらん》たる胡蝶蘭《こちょうらん》のような雰囲気とも違う。若々しく生気に満ちた力強さは、下手に手折《たお》ろうとすれば、指に棘《とげ》が刺さる。さながら薔薇のような美人だ。

（多喜子お姉ちゃんに相談してみようかな？）

明日の日曜日、啓太は担任教師の鳥居紀子とセックスさせてもらう約束をしている。

とっても楽しみだが、同時に不安でもあった。

なにせ、紀子は奥手なのだ。小学生に発情している大人の女を、奥手と言うのも語弊《ごへい》を感じるが、啓太としてはなんとももどかしい。

啓太の体にベタベタ触れてきて、キスしたり、男根に触ったりしてくるのに、セックスだけはダメだと頑《かたく》なにタブー視していた。

多喜子、亜矢の二人からセックスの気持ちよさを教えられてしまった啓太としては、いまさらという気分であり、一刻も早く紀子ともセックスしてみたい。

さらにいえば、日常的に紀子とエッチがしたかった。

多喜子には二度とダメだと釘を刺されているし、亜矢も華帆がピアノ教室に行っているときを見計《みはか》らわねばならない。そうそうできる相手ではなかった。

しかし、紀子ならばいままで学校で、時間を見つけて悪戯していた時間に、今度はセックスすればいいのだ。

（だから、明日はビシッと決めて、鳥居先生にセックスの気持ちよさを教えたい。そうすれば二度と、小学生とはセックスできないなどと言わなくなるはずだ）

しかしである。どうやら、紀子は男性経験のない、処女と呼ばれる存在らしいのだ。亜矢からも処女の扱いは難しいと忠告を受けている。

(鳥居先生をセックスの虜にする方法。処女を気持ちよくする方法ってどうすればいいんだろう?)

これが啓太の目下《もっか》の悩みである。

そして、その問題の解決方法を知っているだろう女性が目の前にいることに気づいたのだ。

(でも、聞くの恥ずかしいな。多喜子お姉ちゃん、怒りそうだし……うー、でも、知らないことは大人に聞くのが一番だよな)

意を決した啓太は、恐るおそる口を開く。

「多喜子お姉ちゃん、ちょっと、お願いがあるんだけど……」

「なによ?」

左手でソバージュのかかった前髪を押さえながら、パスタをすする綺麗なお姉さんはぞんざいに応じる。

「セックスで、女の人を思いっきり感じさせる方法、教えてくれない?」

「はぁ?」

パスタを手繰《たぐ》る手を止めて多喜子は、甥っ子を睨む。

「あれは一回だけ。忘れなさいって言ったでしょ」

「そう言われたことは忘れてないけど……」

「だったら夢だったとでも思ってなさい」

多喜子の返答にはにべもない。

その冷たい対応に回れ右をしたくなった啓太だが、明日には紀子とセックスするのだ。教えてもらうチャンスは今日しかないと思い、食い下がる。

「ぼく、セックス上手くなりたいんだ」

「……」

ジト目で睨んでくる多喜子に怯みながらも、啓太は言い募《つの》る。

「処女って大変なんでしょ。それをうまく感じさせたい。ぼく、女の人をいっぱい感じさせたい。テクニシャンってやつになりたいんだよ。こういうことを頼めるの、多喜子お姉ちゃんしかいないと思うんだ」

「このマセガキ」

フォークを手放した多喜子は、呆れたといった態度で脚を組み、腕を組んで反り返る。

取りつく島のない叔母の態度に、なんとかとっかかりを作ろうと啓太は恐るおそる切り札を切った。

「ぼくとエッチしたこと、お母さんにばれたらまずいんでしょ？」

「啓太、おまえ、あたしを脅そうというの」

ギランッと擬音が聞こえそうな眼差しで睨まれた啓太は震え上がったが、小さな声で食い下がる。

「そういうわけじゃないけど……多喜子お姉ちゃんって経験豊富でセックスすごい上手なんでしょ。こういうこと教えてくれる人ってほかにいないんだ。どうか、お願いします」

啓太は両手を合わせて拝《おが》んだ。

「絶対にだれにも言わないから、多喜子お姉ちゃんの知っているテクニックを伝授《でんじゅ》してよ」

「はぁ～、男ってのは一度やると、つけ上がるものなんだけど、ガキでも同じなのね」

天を仰いだ多喜子は、大きく慨嘆した。

それから頭を下げている甥っ子を見て、ため息をつく。

「まぁ、一度も二度も同じか」

「ほんと!? 教えてくれるの」

歓喜に顔を輝かせる啓太に、多喜子は面倒臭そうに右腕を突き出すと、中指で床を指した。

「そこに座りな」

「え？」

戸惑う啓太に、多喜子は顎で命じる。

「教えを乞《こ》うのだから、先生の講義は正座してききなさい」

「あ、はい」

その言い分をもっともだと認めた啓太は、フローリングに正座した。

多喜子は、食べ終わったパスタの食器を洗い場に運んでから戻ってきて、啓太の前の椅子に座り、長い生足を組んだ。

そして、指を立てながら説明を開始する。

「セックスなんてものはね。女がよっぽど高まっていない限り、手順を踏むことが大事よ。まず適当な愛の言葉を囁いてだまくらかす。愛されていると思えば、女の感度も上がろうってものよ。これが下準備。あとは押し倒してキスしてしまえば、勝手に濡れぬれになっているわよ」

「そういうことじゃなくて……」

啓太が不満そうな顔をしているのを察した多喜子は肩を竦める。

「ああ、処女を感じさせるセックステクニックを知りたいんだっけ」

「うん」

明け透けな甥っ子に、多喜子はため息をつく。

「まずはキス、やってごらん」

多喜子が指で手招きしたので、啓太は立ち上がり、多喜子の肩を抱いて、恐るおそるを唇を重ねた。

さらに舌を入れる。

「っ!?」

軽く目を見張った多喜子だが、甥っ子の舌を受け入れる。

「う、うむ、むちゅ、ふむ……」

日ごろ遊びまくっている綺麗すぎる女子大生は、小学生男子からの濃厚な接吻を黙って受け入れていたが、お洒落なシャツ越しに乳房を触れると、「ほぉ〜」といいたげに眼を見開く。そして、啓太の背中を軽く叩いて接吻をやめさせる。

「どうやら、キスの経験はありそうね」

「うん」

「小学生ですでにキス経験ありとか、マセガキね」

多喜子は呆れた顔になる。

「それじゃ、服を脱がせて」

啓太は言われたとおりに、多喜子のワンショルダーのシャツを脱がせた。中から高級そうな赤いブラジャーが露となる。

「ブラジャーの脱がせ方はわかる？」

「いや、わからない」

「そう、背中にあるホックを外すのよ」

多喜子の後ろに回った啓太は、多少の苦労をしながらも留め金を外す。

ブラジャーを外すと、前方に飛び出すというよりも、重力に完勝したことを高らかに宣言しているかのような乳房が跳ね上がった。

(うわ、多喜子お姉ちゃんのおっぱいだ。やっぱ、すげぇ)

歓び勇んだ啓太は前に回り、両手でそれぞれの乳房を鷲摑みにして乳首にしゃぶりつこうとした。直後にその手を叩かれた。

「性急《せいきゅう》すぎ、まずは首回りにキスをしたり、鎖骨のくぼみにキスをしたり、腋の下にキスをしたりして、女を高めなさい」

「わかった」

教えに従った啓太はネッキングを試みる。さらに多喜子が腕を上げてくれたので、腋の下に顔を突っ込み、ペロペロと舐めた。

(うわ、ツルツルだぁ。それに多喜子お姉ちゃんの汗の匂い、爽やかでいいなぁ)

おそらく香水の類《たぐい》が振りかけられているのだろう。多喜子の腋の下からは、いい匂いがした。

「そろそろ、おっぱいに触っていいわよ」

許可をもらった啓太は膝立ちとなり、多喜子の双乳に触れる。

(多喜子お姉ちゃんのおっぱいって硬いというか、すごい弾力)

紀子や亜矢のプリンのような触感に比べると、ハードグミのようである。飴色に美しく日焼けしているため、コーラ味がしそうだった。

啓太は、まずは左の乳首を咥える。

「あん」

小粒梅干しのような乳頭がビンビンに勃起する。

（ああ、いまぼく、多喜子お姉ちゃんのおっぱいをしゃぶっているんだ……）

生まれたときから、なんだかんだで面倒を見てくれたお姉さんである。その乳首を吸うのはなんとも感慨深い。

飽くことなく舐めしゃぶっていると、多喜子に軽く頭を叩かれた。

「赤ん坊じゃないんだから、おっぱいにばかりこだわらないの。そんなんだと、女にマザコンと思われるよ」

「は、はい」

「そこから下にいく」

もっと大好きなお姉ちゃんの乳房を堪能したいと未練たらたらな啓太であったが、そのまま頭を下げて、腹部を舐める。

（この中に、さっきの食べたパスタが入っているの？）

とても信じられない不思議な感覚である。

まん丸い臍を舐めて、さらにデニムのホットパンツに包まれた股間に顔を埋めようとしたところで、また頭を叩かれた。

「だから、性急すぎ。慣れない女をその気にするには、全身を舐めるくらいの覚悟が必要よ」

椅子に座ったまま多喜子は、ぐいっと左の長い脚を啓太の鼻先に差し出した。

「足をお舐め」

「こ、こう？」

脚を舐めるなどということを考えたことがなかった啓太は、戸惑いながらも長く美しい褐色の足を両手で押し頂くと、舌を伸ばし、恐るおそる親指の先を舐めた。

「汚いとか思ったらダメよ。その汚いところを舐められることによって、女は愛されているという実感を持つんだから。足の裏とか、足の指の間とか積極的に舐めなさい」

「なるほど」

女ならではの視点だ。

（思いきって、多喜子お姉ちゃんに教えを乞うてよかった）

経験豊富なお姉さんの指示に従って、啓太は一生懸命に足を舐めた。

「うふふ、かわいい甥っ子に足を舐めさせる。これはなかなか背徳感があって、来るものがあるわね」

自分の足を舐める甥っ子を見下ろしつつ目を細めた多喜子は、舌なめずりをした。

「そのまま脚の内側を舐め上げてきなさい」

啓太は言われたとおりに、多喜子の脹脛から内腿を舐め上げていった。そして、デニムのホットパンツに包まれた股間にたどり着く。

「脱がしていいわよ」

多喜子は両手を椅子のクッションに置き、腰を上げた。

そこで啓太は、多喜子のホットパンツを脱がす。中からワインレッド色のお洒落な下着が露となる。

「それも脱がせる」

「うん、わかった」

啓太は左右の腰紐にかかった部分に指をかけると、ゆっくりと脱がす。

(うわ、なんだろ。下着を脱がすのって、すごいドキドキする)

紀子も亜矢も、自分で下着を脱いでしまったので、啓太にとっては今回、初めて女性を裸にさせる体験である。

いそいそと足元まで下ろし、多喜子が足を揃えて前方に出したので、赤い布切れを引き抜けた。

思わず赤い布切れの中身を観察する。

ゴン!

多喜子の右足の踵《かかと》が、啓太の頭に当たった。

「バーカ、目の前に裸の女がいるのに、そんなものに興味を持つのは失礼ってものよ」

「あ、はい」

頭痛に耐えながら啓太はショーツを手放すと、正面を向いた。

ダイニングチェアに腰をかけた多喜子を、両足を蟹股に開いて、ダイニングテーブルに頬杖をついていた。

そのなにげない姿勢が、やたらスタイリッシュでカッコイイ。

(多喜子お姉ちゃんって、やっぱ滅茶苦茶モテるんだろうな)

と、小学生でも納得する美しさだ。

(うわ、これが多喜子お姉ちゃんのオマ×コ)

多喜子の股の間に入って正座をした啓太は、綺麗な逆三角形に整えられた陰毛。その下にある褐色の大陰唇をしげしげと観察する。

(この中にオマ×コの本体があるんだよな)

先日、紀子に見せてもらったことを思い出し、手を伸ばそうとしたが、指示もないのに触れると、多喜子に怒られると思って我慢する。

代わりに肉裂の前に鼻を近づけて、犬のように匂いを嗅ぐ。

「くんくん……はぁ、多喜子お姉ちゃんのオマ×コ、甘くていい匂いがする」

これはお世辞ではなかった。本当にいい匂いがするのだ。

おそらく香水のようなものが振りかけられているのではないだろうか。さすがはモテモテヤリマンお姉さんに、隙はない。

とはいえ、いかにヤリマンお姉さんといえども、羞恥心を感じたようで、多喜子の頬が紅潮した。

「いいからクンニしなさい」

「クンニ？」

怪訝《けげん》な顔で聞き返す甥っ子を見て、美しすぎる叔母は苦笑する。

「そんな基本的なことも知らないで、セックスしたいわけ？」

「ご、ごめんなさい」

正座をした啓太は、しょんぼりと項垂《うなだ》れる。

そんな甥っ子に向かって、多喜子は面倒臭そうに説明してくれた。

「クンニリングス。オマ×コをペロペロと舐めることよ。女ってのはだれでも、特に処女は自分の性器に嫌悪感を持っているものだからね。丁寧に舐めてあげると喜ぶわ」

「なるほど……舐めればいいんだね」

喜び勇んだ啓太が、開かれた多喜子の股間に顔を突っ込もうとしたところで、額に手を当てられ止められた。

「いや、待って。クンニする前に、陰毛を手に取ってクシャクシャしてみなさい」

「……？」

そんなことをしてなんの意味があるのかと困惑する甥っ子に、美しい叔母は説明する。

「女は陰毛を乱されると、心も乱されるのよ」

「へぇ～」

叔母から教えてもらったテクニックを実践するために、啓太は右の手のひらで陰毛を包みゴシゴシと扱く。

「あん、いいわ」

顎を上げた多喜子は、気持ちよさそうに喘いだ。同時に熱い蜜が啓太の手に滴る。

「もういいわ」

「多喜子お姉ちゃん、すごい濡れてきた」

啓太は手にかかった愛液をしげしげと見た。

頬を火照らせた多喜子はソバージュのかかった前髪を掻き上げながら、スタイリッシュに蘊蓄《うんちく》を垂れる。

「セックスというのは、おち×ちんを入れる前に、いかに女を濡らすかが勝負だからね」

「はい」

子犬のように素直に頷く甥っ子を見下ろして、多喜子はサービス精神を刺激されたようで、付け加えた。

「あと応用編としては、おっぱいを吸ったり、揉んだりしながら、同時にそうやって陰毛を弄る。これを三点責めと言って、女はすっごく濡れるわ」

「なるほど」

小学生にとっては目から鱗《うろこ》が落ちる思いだった。啓太は本気で感心し、多喜子を尊敬の眼差しで見上げる。

それと気づいた多喜子は照れくさそうに促す。

「それじゃ次は、クンニを始めなさい」

「多喜子お姉ちゃんのオマ×コをペロペロ舐めればいいんだね」

啓太は今度こそ、多喜子の開いた股の間に顔を入れた。そして、左右の親指で肉裂を割る。

「これが、多喜子お姉ちゃんのオマ×コ」

感動する啓太に、多喜子は眉を顰める。

「なに童貞みたいに喜んでいるのよ」

「だって多喜子お姉ちゃんのオマ×コを見たの初めてだし……」

口を尖《とが》らせた啓太の反論に、顎に手をあてた多喜子は少し考える表情をする。

「そういえば、この間はいきなりぶち込んだんだっけ」

「うん、いきなり入れられたから、なにがなんだかさっぱりわからなかった」

酔った勢いで甥っ子の童貞を食ってしまった多喜子は、肩を竦める。

「はいはい。好きなだけ見せてあげるわよ。あ、なら、説明もしないとダメか。変なことされても困るしね」

多喜子は自らの女性器に指差す。

「ここがクリトリス。皮かぶっているでしょ。中が敏感なのよ。慣れてない女は、触れられると痛がると思うから、触れるときには注意しなさい。その下に、おしっこする穴があるの。小さいけど見える？　その下にある大きな穴が、おち×ちんを入れるところよ」

実際のところ、紀子に教えてもらって知っていたが、水を差すのも悪い。それに多喜子のほうがいろいろ詳しいようだから、真剣に聞いた。

「わかった？」

「うん」

「なら、舐めなさい」

「は～い」

飼い主に餌を出された犬のように、啓太は嬉々として舌を伸ばし、粘膜に触れた。

ピチャリと愛液に舌が浸かる。

先日、紀子の愛液を指で掬って舐めたが、そのときと同じで、特に味はしない。せいぜい塩味と酸味がする程度だ。しかし、美味しいと思った。

(鳥居先生の愛液よりも、濃厚な感じがする)

啓太は夢中になって舌を動かした。

「あん、まるで犬ね。そうそう、舌で隅々まで舐めまわしなさい。あん、そこ感じる。いい、クリトリスは舌先で転がすのよ」

啓太は指示に従って舌を動かす。

多喜子が気持ちいいという部分を教えてくれるから、だんだんと女の秘密がわかってきた気がする。

「ああん」

不意に多喜子は両手で、啓太の頭を押さえてのけぞった。細く長い両足がプルプルと震えている。

「多喜子お姉ちゃん？」

顔をヌルヌルの液体で汚した啓太は恐るおそる視線を上げる。視線が合った多喜子は苦笑で応じた。

「そんな不思議そうな顔しなくていいわ。ただイっただけだから。そうね、処女なら、入れる前に三回ぐらい、こうやってイカせてあげなさい。そうすれば、ほどよく力が抜けるはずよ」

そう言って多喜子は立ち上がると、ダイニングテーブルに上体を預けてうつ伏せになった。

横から見たら体をフの字にして、引き締まった尻が差し出される。

「この間は、あたしが好き勝手やっちゃったし、今日は啓太の好きにさせてあげるわ。ほら、おち×ちん入れなさい。入れる穴はさっき教えてあげたでしょ」

「ありがとう」

喜び勇んだ啓太は立ち上がり、急いで服を脱ぎ捨てて素っ裸となった。

「まったく、ミミズみたいなおち×ちんをおったてちゃって。さぁ、来なさい」

美しすぎる叔母の引き締まった尻を、啓太は両手で摑んだ。

（うわ、多喜子お姉ちゃんのお尻の穴まで丸見え）

興奮しながらいきり立つ男根を膣穴に添える。そして、腰を押し込むと、ぬるりと入った。

「は、入った」

一度目は多喜子に無理やり入れられた。二度目は亜矢に優しく誘導してもらいながら入れた。そして、三度目にして自分の力で入れたのだ。大人になったという実感がフツフツと胸裏《きょうり》にこみ上げる。

（やっぱり多喜子お姉ちゃんのオマ×コってキツキツ）

感動している甥っ子に、テーブルに両肘をついて手のひらを重ね、頰を置いた紀子は背後に声をかける。

「相手が処女のときは抵抗があるだろうけど、遠慮はいらないわ。逃げられないように体を固定して、力任せにぶち込みなさい」

「わかった」

「なら、あとは好きに動かしなさい」

投げやりに命じられた啓太は、多喜子の引き締まった小尻を抱いて恐るおそるに腰を動かす。

ズブ……ズブ……ズブ……。

「くっ、多喜子お姉ちゃんのオマ×コ、気持ちいい。あ、あの……多喜子お姉ちゃんは、気持ちいい？」

「あ、あん、まぁ、悪くないわよ。ただ、そんな遠慮しなくていいわ。啓太みたいなガキにテクニックがないのは当たり前なんだから、思いっきり腰を使えばいいのよ。女はそのほうが嬉しいわ」

「そ、そういうものなんだ……」

そういえば、亜矢も啓太が猿のように腰を振るうさまを呆れながらも、喜んでいたのを思い出す。

「あん、あん、そう、そんな感じ、ガンガン来なさい。ガンガン。あああ、いい、そうよそう、あん、出してもいいから、休まずにガンガンおち×ちんを叩き込みなさ～い」

その日、啓太は、エッチな叔母の指導のもと、いろいろな体位を学んだ。

＊

「それじゃ行ってきま〜す」

日曜日の朝、啓太は家を出た。そこを隣の幼馴染み・牧野華帆に見とがめられる。

「啓太くん、どこか行くの？　なんかおめかししているけど」

「ちょっとね。華帆ちゃんこそ、どこか行くの？」

艶やかな黒髪をカチューシャで止めているのはいつものことだが、この日の華帆は、ピンク色の膝丈のワンピースをきて、明らかによそ行きの装いだ。

「今日は、ピアノのコンクールなの。だから、お父さんとお母さんとお出かけ」

見ると駐車場に、華帆のお父さんとお母さんの姿があった。

「啓太くん、いつも華帆と仲よくしてくれてありがとうな」

そう声をかけてきた華帆のお父さんは、紳士然とした人物であったがけっこうなご高齢で、華帆のお母さんと並ぶと、夫婦と言うよりも、親子に見えてしまう。

亜矢も優しい笑顔で手を振ってきたので、啓太は軽く会釈《えしゃく》する。

「あ、そうなんだ。頑張って。それじゃ」

いまから鳥居先生とエッチをしに行くんだ、とはいえず幼馴染みから逃げ出す。

「？　変なの」

小首を傾げる華帆に見送られて、小学校に出向くと、駐車場に泊めてあったクリーム色の自家用車から紀子が出てきた。

「冨永くん、こっちよ」

青いセーターに、白い膝丈のミニスカートの紀子が手招きをする。

学校以外で紀子の服装を初めて見た。やはり、学校で先生をしているときとは雰囲気が違う。

清楚で綺麗なお姉さんという装いだ。

「お待たせしました」

「わたしもいま来たところよ。それじゃいきましょうか。乗ってちょうだい」

「は～い」

日曜日に教え子と会うことに後ろめたさを感じるのか、紀子の顔が強張《こわば》っている。

（べつに悪いことするわけじゃないのに、そんなに怖がることないと思うんだけどなあ）

教え子は、教師とセックスすることにまったく罪悪感はなかったが、教師のほうはかなり怯えているようである。

ともかくも、啓太は、紀子の運転する車の助手席に乗った。

(先生の車に乗ったことがある生徒って、ぼくだけかもしれないな)

優越感に浸《ひた》りながら、紀子とのドライブを楽しむ。

紀子の運転は安全運転だ。運転する紀子に悪戯したい気分にもなったが、ぐっと我慢する。

ほどなく、車はお洒落なマンションの駐車場に入った。

「こっちよ」

紀子とともに、マンションのエレベータに乗る。緊張に強張っている紀子にとっては幸いだったことに、他の乗客は乗り合わせず、五階で扉が開いた。そして、奥まった部屋に案内される。

「ここよ」

紀子が扉を開けてくれたので、玄関で靴を抜いた啓太は足を踏み入れる。

「お邪魔しま〜す。へぇ〜、ここが先生のおうちか」

ワンルームマンションである。壁紙は白と灰色の格子模様で、お洒落ではある。

液晶テレビと、シングルベッドが一つ、あと小さな机と座布団。本棚には小学生には理解できない難しそうな本が並んでいた。

いかにも女教師の部屋といったところだろう。

「どうぞ、適当なところに座って」

紀子の指示に従って、啓太は寝台の端に腰を下ろした。

「あの、なにか飲む?」

「そんなのいいから、先生。こっちこっち」

啓太は、整えられた布団をパンパンと叩いて急かす。

「もう、いきなり始めるの?」

困った顔をしながらも紀子は、啓太の指示した場所にそっと腰を下ろした。

「仕方ないわね。さっそく特別授業を始めるわよ」

「よろしくお願いします。今日は先生がセックスを教えてくれるんだよね」

「もう……冨永くんったら、エッチなんだから……」

躊躇いながらも顔を向けてきた女教師の唇と小学生の唇は、阿吽《あうん》の呼吸で重ねられた。

小学校の校舎内で、何度も人目を忍んで接吻を繰り返してきたのだ。二人とも手慣れたものである。

「うん、うん、うん」

接吻しながら啓太は右手を女教師のスカートの中に入れると、パンストに包まれた太腿を撫で上げていく。

教え子との濃厚接吻を楽しみながら鼻を鳴らした女教師は、だらしなく膝を開いてしまう。

そこで啓太の手は遠慮なく、紀子の股間を捕らえた。パンストの腹部から手を入れて、パンティの中にまで入る。

「ふむっ」

濡れた陰毛が指に触れた。紀子は鼻を鳴らす。

紀子もまた、啓太のズボンのチャックを下ろして、いきり立つ逸物を引っ張り出す。

そして、愛しげに握ってくる。

二人は接吻しながら、しばし互いの性器を弄った。

やがて、接吻を終えたところで、啓太が囁く。

「先生、すっごい濡れている」

「もう、冨永くんの意地悪……冨永くんのおち×ちんだってすごいわよ」

「だって、ぼく、先生とやるの楽しみで仕方なかったんだもん」

そのために昨日は、叔母に頭を下げて、特訓してもらったほどである。

「まぁ」

教え子に体を求められるのが、まんざらでもないといった顔をする紀子を、啓太は寝台に押し倒した。

仰向けになった紀子のシャツをたくし上げると、水色のブラジャーが露となる。

昨日、叔母からブラジャーの脱がし方をレクチャーされている啓太は、あっさりと奪いとることに成功した。

「っ」

紀子は反射的に両手で胸元を隠そうとしたが、その手を啓太が押さえて左右に開かせる。

おかげで白い乳房が露出した。

「うわ、先生のおっぱいだ」

多喜子のように仰向けになっても崩れない我儘《わがまま》おっぱいではなく、亜矢ほど巨大な異次元おっぱいではない。ほどよく大きく、ほどよく型崩れした、まさに食べごろの果実のようだ。

啓太は嬉々として、乳房にむしゃぶりつこうとして、思いとどまる。

「っ？」

紀子が少し不思議そうな顔をした。啓太のことだから、猿のように乳房にむしゃぶりついてくると思っていたのだろう。

（危ない、危ない。今日は先生を思いっきり感じさせて、ぼくのおち×ちんの虜にしないと）

女体征服の野望に燃えた小学生は、昨日、叔母に教えてもらったテクニックを思い出し、まずはネッキング、それから鎖骨のくぼみにキスをし、さらには腕を上げさせると、腋の下に顔を突っ込んだ。

「あん、冨永くん、くすぐったいわ……」

啓太の予想外の攻撃に意表を突かれた紀子は、笑い声をあげる。

（ああ、先生の腋の下っていい匂い）

多喜子のような香水の匂いとは違う。汗の匂いだ。香水もいいが、ただの汗であっても、女の汗には、男を高ぶらせる媚薬効果があるようである。

啓太は夢中になって舌を這わせた。

完全なツルツルではない。ほんの少し柔らかい毛があるようだ。和毛《にこげ》と言うやつだろう。

啓太は夢中になって、大好きな恩師の左右の腋の下を舐め楽しんだ。

「もう、冨永くんったら、犬みたいよ」

紀子は呆れながらも、好きにさせてくれた。

それから啓太は、満を持して、乳房にとりつく。左の乳首を吸いながら、左手で乳房を揉み、右手をショーツの中に入れる。

(あは、陰毛が濡れている。これをグチャグチャにすればいいんだよな)

叔母の教えに従い、啓太は右の手のひらで女性器を包み込むと、前後に動かし、陰毛を乱してやった。

「あ、ああ、ああ……」

寝台の上に仰向けになり、四肢を投げ出した紀子は気持ちよさそうな喘ぎ声をあげてのけぞる。

(うわ、先生、すごい気持ちよさそう)

叔母の教えは、間違いではなかったらしい。自信を持った啓太は、乳房を揉みしだき、乳首を強く吸い、陰毛を掻き乱しまくった。

クチユクチユクチユ……。

卑猥な水音が当たりに響き渡る。

「ああ、気持ちいい、気持ちいいわ、冨永くん、もう、もう、もう、あああ」

ビクンビクンビクン……。

紀子が身悶えて痙攣し、大量の愛液が手のひらに溢れたことで、絶頂したことを知った啓太は三点責めを中断する。

そして、愛液に濡れた右手を紀子の鼻先で開いてみせる。

「先生、見て。すごい濡れてる」

「もう、やめなさい」

紀子は恥ずかしそうに顔を背ける。

「先生、パンツを脱がすね」

「ええ」

スカートを脱がした啓太は両手で紀子の下着の腰紐を摑む。紀子が尻を上げてくれたので、簡単にスルスルと脱がすことができた。

学校では常になにかしらの服を残していた紀子が、ついに素っ裸となったのだ。そんな生まれたままの姿を晒してくれた女教師の両足を蟹股開きにして、女性器を開く。

「あは、先生のオマ×コ、すごい濡れぬれ、とってもエッチな匂いがする。美味しそう」

「ああ、そんなこと言わないで」

羞恥に悶える女教師の表情を楽しみながら啓太は、その女性器にしゃぶりついた。

ジュルジュルジュルジュル……。

夢中になって、担任教師の愛液をすすり飲んだ。

前回、紀子に御開帳をしてもらい、女性の秘密を説明してもらったが、指で触れただけで、クンニをするのは初めてである。

興奮する啓太とは逆に、紀子は慌てた。

「あ、ちょ、ちょっと、冨永くん、なにやっているの。そこ、汚いわ、ああん」

潔癖《けっぺき》なところのある紀子には、クンニという行為があることをしらなかったのかもしれない。

しかしながら、叔母から女の急所をきっちりと叩き込まれてきた啓太は、陰核に吸い付き、包皮を剝きあげると、中の肉芽を舌先に乗せて転がす。

「ひ、ひぃぃ、そこ、そこ、らめ、ああ」

教え子の舌捌《さば》きに翻弄された女教師は顔を真っ赤にして、涙目になりながら、すすり泣いてしまった。そのかつてない紀子の反応に、啓太は気をよくする。

（先生の声、いつもより大きい）

おそらく、ここが学校ではなく、自宅という安心感から紀子も心置きなく楽しんでくれているのだろう。

（さすが多喜子お姉ちゃん。セックスの達人だ）

師匠である叔母に感謝しながら、紀子にさらに気持ちよくなってもらおうと、啓太は両手をあげて、双乳を鷲掴みにすると乳首を摘まんだ。陰核と両の乳首の三点責めを行う。

「あ、ああ……!?」

ヒック、ヒック、ヒック。

背筋を太鼓橋のように反り上げた紀子は、嬌声を張り上げながら全身を激しく痙攣させる。

物静かな恩師が絶頂したのを察した啓太は、その股間から顔を上げた。

「先生、どうだった？」

「そ、そこは汚いから、舐めるものではありません」

顔を真っ赤にした紀子は涙目で叱ってきた。おそらく女教師なのに、教え子に翻弄されたのが悔しかったのだろう。啓太は口を尖らせる。

「先生だって、ぼくのおち×ちんを舐めるの好きじゃん。ぼくだって先生のオマ×コを舐めるの好きだよ。あ、そうだ。これならどお？」

体を反転させた啓太は、両膝を紀子の顔の左右に置き、勃起した逸物を下ろした。

啓太の意図を察したというよりも、餌を前にした魚のように、紀子は反射的に小学生の小さな陰茎を咥える。

「うむ、チュー」

「あ、先生ってほんと、おち×ちんをしゃぶるの好きだよね。それじゃぼくは、先生のオマ×コをもっともっと食べさせてもらうよ」

啓太は再び顔を下ろし、紀子の股の間にしゃぶりついた。

「うむむ」

男性上位のシックスナインとなった。

「ジュルジュルジュル……」

女教師と男性生徒は夢中になって互いの性器をすすり合う。

実のところ、啓太としては、一刻も早く、紀子の体内に男根をぶち込みたいという願望があった。

しかし、それをぐっと我慢する。

師匠たる叔母から、女を堕《お》とす極意を教えられていたのだ。

『いい、啓太。男と女ってのはね。焦ったほうが負けなの。女のほうから、おち×ちん入れて、とおねだりの言葉を聞くまでは、焦らしに焦らしてあげなさい』

その言葉を思い出し、一生懸命に舌を動かす。

(今日は、鳥居先生といっぱいエッチする。滅茶苦茶感じさせて、ぼくの虜にするんだ……あ、でも、先生のフェラチオって上手なんだよな。気持ちよすぎる)

教え子とのセックスに罪悪感を覚える淫乱教師は、その代償《だいしょう》行為として、よく啓太の男根をしゃぶった。その結果、好きこそものの上手なれとはよく言ったもので、かなりのおしゃぶり上手になっている。

特に啓太を喜ばせる技という一点のみで採点するならば、人妻の亜矢や、エッチの達人である多喜子よりも上だ。

(あ、もう……ダメ……)

ドビュビュビュビュ……。

啓太は、仰向けの紀子の口内で射精してしまった。

紀子は慌てず騒がず、すべて口内で受け止めて、嚥下しただけではなく、お子様男根の尿道口をチュッチュッと吸って、尿道に残った残滓《ざんし》まですべて処理してくれた。

「はぁ〜」

満足の吐息をついている啓太の逸物を、紀子はツンツンと包む。

「冨永くん、そろそろ、これ、入れようか？」

「え？」

啓太は思わず、股の下の紀子の顔を窺《うかが》う。

紀子は恥ずかしそうに顔を赤らめながらも促す。

「冨永くんは、わたしとセックスしたくて、今日ここに来たんでしょ」

「うん」

紀子におねだりの言葉を吐かせた。ということはノルマクリアである。

喜び勇んだ啓太は、紀子の股の間に膝立ちになると、白く長い脚の膝の裏を持って持ち上げる。いわゆるマングリ返しと呼ばれる姿勢に押さえ込んでしまった。

たったいま射精したばかりだというのに、まったく揺るがない若木を、成熟した女の肉穴に添える。

「先生、入れるよ」

いままさに自分が貫かれようとしている光景をみあげながら、紀子は語る。

「わたしね。大人の男性って昔からダメで……怖くて。だから、この年まで男性経験がなかったの。でも、冨永くんのおち×ちんなら入れてほしいと思ったの。べ、べつにショタコンというわけではないのよ。ただ冨永くんのおち×ちんが欲しいだけなの。いい大人なのに、教え子の、それも小学生の男子に発情するだなんて。教師以前に、女として失格よね」

「そんなことないよ。ぼく、先生とすっごくエッチしたいし」

啓太の返答に紀子は嬉しそうに頷く。

「そ、そうよね。愛があれば、年の差や、教師と生徒の壁なんて関係ないわよね。お願い、冨永くんのおち×ちんをわたしの中に入れて。わたしを冨永くんのものにしてちょうだい」

「うん、先生はぼくの、ぼくだけものだ」

紀子の懇願を受けて、啓太は喜び勇んで腰を沈めた。

亀頭に抵抗を感じる。多喜子や亜矢の膣洞に入ったときには感じなかった抵抗だ。

(これが処女膜ってやつか……力任せにぶち抜けって、多喜子お姉ちゃんが言っていた)

信頼する叔母の教えに従って、啓太は思いきりよく腰を落した。

「ひっ」

ズポン！

なにかを突き破ったたしかな手ごたえが、逸物から伝わってきた。すぐに男と女の恥骨がぶつかる。

「入った。入ったよ。先生のオマ×コに、ぼくのおち×ちん」

「え、ええ……感じるわ。冨永くんのおち×ちんのぬくもりが、わたしのオマ×コの中に……」

師弟は互いの結合部をマジマジと観察する。

(先生のオマ×コ、キツイ)

締まりがいいというよりも、初めての異物に驚いて、膣穴が必要以上に締めている感じだ。

不意に男女の結合部から愛液以外の液体が流れ出した。

紀子の白い下腹部に、ツーと赤い筋が流れる。啓太は思わず指で掬って確認してしまった。

「うわ、処女って本当に血が出るんだ」

人妻とモテモテお姉さんの体で、学習してきた啓太には初めての光景である。

「くぅ……」

十三歳も年下の少年に処女を割られた女教師は、顔を真っ赤にして含羞を嚙みしめている。

その光景に啓太は気遣う。

「先生、痛い？」

「だ、大丈夫よ。遠慮はいならないわ。冨永くんの好きなように動いて。わたし、冨永くんに楽しんでもらいたいの」

紀子の顔は真っ赤で、目尻に涙がたまっている。

明らかに無理をしているようだ。しかし、念願の女教師とやっと結ばれた啓太は、相手を思いやる余裕はなかった。

（よし、先生をぼくのおち×ちんでいっぱい感じさせる。ぼくのおち×ちんの虜にするんだ）

そんな野望にとりつかれた小学生は、この日のために学習していた成果を見せようと腰を使いはじめる。

グチュグチュグチュ……。

「うわ、先生のオマ×コ、すっごく気持ちいい」

「そ、そう、それはよかった。だけど、ちょ、ちょっと、冨永くん、ひぃ、お、落ち着いて、ああ」

紀子の感覚としては、純真な男の子にセックスを教えてあげる、という上から目線であったのだろう。しかしながら、本日ただいま破瓜《はか》中の紀子とは違って、啓太のほうはすでにいろいろな女性に性教育されたヤリチン小僧である。

パン！　パン！　パン！　パン！

乳房の谷間に顔を埋めた啓太は、力の限り腰を上下させる。

相手を小学生と侮っていた成人女性は、いきなり始まった荒々《あらあら》しい腰使いに驚き、圧倒されてしまう。

「気持ちいい、気持ちいいよ、先生のヌルヌルのオマ×コが、おち×ちんに絡みついてきて最高に気持ちいい」

「おわ、あわ、うほ」

純真無垢《じゅんしんむく》な教え子を食ったつもりでいた女教師は、潰れた蛙のような蟹股開きとなり、両手で少年の背を抱く。眼鏡の下では白目を剝き、鼻の孔を縦に伸ばし、唇を剝き、白い歯並を晒して涎を噴く、ふだんの彼女からは信じられない無様な表情になってしまっていた。

（うわ、先生エッチだ。鳥居先生、ぼくのおち×ちんで喜んでくれているんだ。先生のオマ×コの中に、ぼくのザーメンをいっぱい出したい。顔を、おっぱいを、お尻を、ぼくのザーメンで真っ白にしたい。先生のすべてを、ぼくのザーメンで塗りつぶしたい)

そんな願望が胸奥から膨れたとき、男根もまた爆発していた。

「先生、イクよ」

ブシュッ！　ドクン！　ドクン！　ドクン！

「はぁ！　きた！　来ちゃった！　冨永くんのザーメンがわたしの中にいっぱい、ああ、すごい！　こんなに……」

膣内に暖かい大量の精液を注ぎ込まれる感覚を味わった紀子は、悩乱《のうらん》の声をあげて悶絶する。

絶頂するというよりも、牝としての本能が喜んでしまっているかのようだった。

無限に続くかに思われた射精が終わり、牝に堕ちた女教師が安堵したのもつかの間だ。

「まだまだ」

身を起こした啓太は男根をぶち込んだまま、紀子の右足を抱え上げた。左足の太腿は跨ぐ。そして、そのまま先ほどと変わらぬ勢いで、突貫《とっかん》する。

「ひぃ、と、冨永くん!?」

「先生、もっともっと楽しもう。今日は一日中、セックスしよう」

小学生の無限の性欲に襲われて、女教師として教えてあげるモードであった紀子の優位性は完全に崩された。

「あっ、あっ、あっ、あっ」

初めての紀子は、いったいなにが起こっているのかわからず、訳がわからないままに翻弄された。

横位での射精が終わっても、啓太の勢いは止まらない。

今度は、紀子をうつ伏せにして、白い尻を摑んで高速ピストン運動を続ける。

クチュクチュクチュ……。

二度の膣内射精によって、膣内には精液が溢れ返っているようで、男根が入ると白濁液が溢れ、引くと白濁液が搔き出されて、シーツにボタボタと滴った。

「ひぃ、ひぃ、ひぃ、ひぃ」

若く疲れを知らない教え子の破壊的な掘削《くっさく》作業を受けて、四つん這いの女教師は口唇から涎を垂らして悶絶する。

そんなほっそりとした背に、得意になっている少年の嘲笑が浴びせられた。

「あは、先生、お尻の穴がヒクヒクしている。なんかかわいい」

「み、見ないで……」

「やだ。先生はぼくのものだから、先生の全部が知りたいんだ」

啓太は左右の親指で、尻の谷間を割ると、菊の肉花を露出させる。

「ああ……恥ずかしい。でも、冨永くんにならなにされても許せちゃう」

少年の無邪気な好奇心に晒されて、女教師は羞恥に震えながら耐えることしかできない。

「もうわたしのオマ×コ、冨永くんのザーメンで一杯よ。これ以上は、入らないわ」

「ダメ、先生のオマ×コは、ぼくのものだからね。ぼくのザーメンでいっぱいにしてあげる」

啓太は欲望のままに、三度、紀子の膣内で射精した。

ドビュユユユッ!

「ひぃぃぃ、また、またイっちゃう」

愛しい少年に膣内射精されるたびに、成熟した女体は絶頂してしまうが、小学生の肉欲には終わりというものがなかった。

いくら射精しても、男根は小さくならないし、噴き出す精液は濃厚で粘りがあり、そして、大量だ。

破瓜中だというのに、いきなり抜かず三発をされた女教師は、精神と体力ともに限界を迎えてしまった。

「こ、これ以上は、ダメ、許して、あ、あああ」

プシャヤヤヤヤヤーーー！

啓太が男根をぶち込んでいる穴のすぐ下から、暖かい液体がスプリンクラーのようにまき散らされる。

これには大好きな先生との初セックスにはしゃいでいた啓太も意表を突かれた。

しばし考えてから、恐るおそる質問する。

「あれ、先生、もしかしておしっこ漏らしているの？」

「ああ……ご、ごめんなさい」

顔を手で覆った紀子は羞恥に震えているが、啓太は嬉しかった。

セックス中の女性の失禁というのは、男目線だとどうしても自分の射精を思い出してしまい、失禁するほど気持ちよかったんだ、という錯覚《さっかく》を抱《いだ》かせる。

同時に啓太に男としての自信を与え、ついつい嘲笑が浮かんでしまう。

「鳥居先生、意外とだらしないんだね」

「小学生男子にイカされまくって、馬鹿にされちゃうわたしって……」

自己嫌悪に落ち込んでいる女教師の背中を、啓太は抱きしめる。

「バカにしてないよ。先生が楽しんでくれたのなら嬉しい。ねぇ、どうだった。ぼくとのセックス。楽しかった？」

「ええ、とっても気持ちよかった。冨永くんとセックスできてわたし幸せよ」

はにかみながら紀子が頷いたので、啓太は安堵する。

「よかった。先生に楽しんでもらおうと頑張った甲斐があった」

「もう……」

改めて啓太の体を抱きしめた紀子の顔は、デレデレになってしまう。

「ぼく、これからも、もっともっと先生とエッチしたい。いい？」

「もちろんいいわよ。わたしは冨永くんの女ですもの。いつでも好きなだけやってちょうだい」

「やったー！」

歓喜した啓太は、そのあと、恩師とずっと繋がった一日を過ごした。昼食として手料理を作ってもらっている最中も繋がっていたし、もちろん、食事中もだ。

おかげで夕方帰宅するころには、紀子の肉穴はすっかり啓太の肉棒と馴染んでいた。

第五章　禁断の母娘アナル交姦

「先生、エッチしたい」

小学校の二時限目の授業を終えた鳥居紀子が、教室を出たところを追いかけてきた冨永啓太に訴えられる。

「え、そ、そんな、こんなところで、いきなり言われても……」

驚いた紀子は、キョロキョロとあたりを窺う。いちおう、啓太も人目をはばかるぐらいの配慮はしていた。

「鳥居先生を見ていると、おち×ちんが大きくなってきて我慢できないんだ」

無邪気な少年は、短パンを突き破らんばかりに勃起した逸物の存在を誇示《こじ》した。

それを見た困り顔の紀子は、決然とした表情で啓太の手を引く。

「し、仕方ないわね。こっちにきて」

紀子が連れ込んだのは保健室だった。紀子は後ろ手に出入口の鍵を閉める。

「今日は保健の先生が留守なのよ」

「なら、いっぱいできるね」

「いっぱいはダメよ」

きつい表情を作った紀子は、啓太に背を向けて尻を突き出すとロングスカートをたくし上げた。

白いパンストに包まれた臀部。その薄い布越しに紫色のパンティが見える。

その二枚の布を紀子はいっしょに、ずいっと太腿の半ばまで下ろした。

「い、一発だけよ。手早く済ませなさい」

「はぁ〜い」

なんだかんだ言って、啓太にアマアマな紀子である。

喜び勇んだ啓太は、ただちに逸物を取り出すと、紀子の白い尻を抱いた。膣穴はあまり濡れていなかったが、啓太は強引に挿入した。

「あん、時間がないから、本当に早く済ませてね」

「わかったよ、せわしないな」

文句をいいながらも恩師の尻を抱いた啓太はリズミカルに腰を使う。

「あっ、あん、あ……」

潤滑油《じゅんかつ》の少なかった膣洞であったが、すぐに潤《うるお》ってきた。

ザラザラの襞肉が男根に絡みついてくるさまに、啓太は思わず慨嘆する。

「先生のオマ×コって、やればやるだけ具合がよくなっていくよね」

「しょ、小学生の癖に、生意気」

年下の論評に不服そうな顔をする紀子だが、それでも肉体は気持ちいいらしい。

「あん、冨永くん、ほんとセックス上手。ああ、わたし、もうイっちゃう」

「まったく、先生はしょうがないな。それじゃ、ぼくもイクよ。いっしょにイこう」

「うん、うん、いっしょに行きたい。ああ、もう、もう」

小学生の手によって徹底的に開発されてしまった女教師は、膣内に入った男根のちょっとした変化から、絶頂のタイミングがわかるらしい。

「くっ」

女教師の絶頂に合わせて、啓太は射精する。

ドビュユユユ！

「お、おお……」

男女が同時に絶頂すると、快感が何倍にも増幅《ぞうふく》するものらしい。

啓太も気持ちよかったが、紀子も涎を垂らして悶絶する。

「ふぅ」

気持ちよく射精を終えた啓太は、ふらふらと保健室にあったパイプベッドに腰を下ろした。

紀子は当たり前に啓太の足元に跪くと、お掃除フェラをしてくる。

「あぁ、ありがとう、先生」

ひっつめにされている頭髪を啓太が撫でてやると、眼鏡の奥で紀子は嬉しそうに目を細めた。

ことが終わると、啓太はベッドから飛び下りて、パンツとズボンをもとに戻す。

「それじゃ先生。ぼく行くね」

「ええ、やりたくなったら、いつでも言ってね」

二人がいっしょに出たら、あらぬ疑いを駆けられるかもしれない。時間差で保健室を出るのだ。

すっかり女慣れしてしまった小学生の背を見ながら、余韻《よいん》に浸る紀子はため息をつく。

「わたし、いい大人なのに……小学生に都合のいい女にされちゃっている。ふぅ、でも、好きな男の子に体を求められるのって、女の幸せよね」

自虐的な笑みを浮かべながらも、魔少年の玩具になっている環境を楽しんでいるらしい。

保健室の扉を開いたところで、啓太は違和感を覚えた。

「ん？」

「どうかしたの？」

啓太の様子を見ていた紀子が声をかけてきた。

「いや、なんでもない」

人の気配があった気がしたのだ。しかし、それを紀子に言っても、よけいな不安を煽るだけだろう。

紀子のメンタルが、かなり弱いことを啓太はすでに承知している。

（先生は、ぼくが守らなくちゃ）

そんな使命感に燃えた啓太は、努めて平静さを装いながら室内に向かって手を振った。

「それじゃ、またね」

啓太は人影の正体を探ろうと追いかけたが、残念ながら見つけることはできなかった。

＊

「啓太くん、いつもありがとうね。今日はモンブランを作ってみたの」

小学校を終えた啓太は、幼馴染みの牧野華帆と下校する。

帰宅する前に、隣の牧野の家にお邪魔して、華帆の部屋で宿題を片付ける。そして、終わるころ合いを見計らって顔を出す、華帆の母親である牧野亜矢の手作りケーキをいただく。

「うわ、ありがとうございます」

紅茶のカップが赤い花柄だった。

啓太がチラリと亜矢の顔を見ると、その口元には意味ありげなコケティッシュな笑みが浮かんでいる。

「それじゃ、勉強、頑張ってね」

ケーキと紅茶をいただいたあと、華帆はピアノ教室に行くため、啓太は牧野邸を辞する。

「それじゃ、また明日」

「またね」

華帆と手を振って別れる。ここまでの一連の流れは小学校に入学してから今日までの毎日のルーティーンだ。

しかし、最近の啓太は少し違う。華帆が家を出たところを見計らって、もう一度、牧野邸にお邪魔するのだ。

「おばさん」

リビングに通された啓太は亜矢に抱きつくと、その大きな乳房の谷間にちょうど顔が埋まる。

専業主婦である亜矢は、かなり時間の余裕があるようだが、それでも毎日のように啓太と秘事に溺れているわけにはいかない。

そこで華帆との勉強の息抜きに出される手作りお菓子。そのときの紅茶のカップが赤い花柄のとき、あとでもう一度いらっしゃい、という亜矢からのメッセージなのだ。

「あらあら、啓太ちゃんは甘えん坊さんかね。さぁ、ここに座って」

優しい笑みをたたえた亜矢に促されるままに、啓太はリビングのソファに腰を下ろす。

「うふふ、もうこんなに大きくなって、華帆のいるときから大きかったでしょ」

手慣れた作業で啓太の短パンとブリーフを下ろした亜矢は、元気にそそり立つ逸物を見て目を細める。

「だって、華帆ちゃんのお母さん、綺麗なんだもん」

「まぁ、嬉しいことを言ってくれるわね」

学校では、担任教師の紀子との密事を繰り返しているが、学校では一発するのがせいぜいである。

しかしながら、小学生の男根は、その気になれば一日に十発以上できるわけで、まったく物足りなかったのだ。

(鳥居先生のオマ×コも気持ちいいけど、華帆ちゃんのお母さんのオマ×コも気持ちいいんだよな)

啓太が、自分の想像を超えた魔少年として成長してしまっていることを知らない人妻は、あくまでも教えてあげるという、上から目線で優しくリードしてくる。

「うふふ、今日は、こういうのはどうかしら?」

開いた啓太の足の間に跪いた亜矢は、紺色の上着をたくし上げると、露となった黒いレースのブラジャーの谷間にいきり立つ逸物を挟んできた。

巨大な乳肉に、啓太の男根は完全に沈んだ。

「え、うわ、すご～い」

感嘆《かんたん》の声をあげる啓太に、亜矢はしっとりとほほ笑む。

「どお、こういうのをパイズリって言うのよ。気持ちいい？」

「き、気持ちいいです。おち×ちんが幸せすぎる」

「うふふ、喜んでくれてよかったわ」

興奮を隠さない隣の少年を前に亜矢は、ブラジャーに包まれた乳肉を左右から手で挟み、ゆっくりと上体を上下させてきた。

「はぁ……はぁ……はぁ……」

膣洞に挿入したときとはまた違う快感に酔いしれた啓太は、ソファの背もたれに背を預けて喘いだ。

(やっぱり華帆のお母さんっていいな。綺麗で優しくて、エッチも上手で)

紀子は、啓太の望みをなんでも受け入れてくれて好きなのだが、受け身すぎる。どうやら、あまりエッチに対する知識もないようで、こういうことを積極的にやってくれないのだ。

それに比べて亜矢とのエッチは、いつも新鮮な発見に満ちている。

「オバサン、気持ちいい、気持ちいいよ」

小学生男子と人妻による淫蕩な雰囲気に満ちたリビングのガラス戸が、唐突《とうとつ》に外から開いた。

「っ⁉」

驚いた啓太が視線を向けると、肩を怒らせた少女が立っていた。

ピンクを基調に、フリルのついたお嬢様風の装い。艶やかな黒髪には灰色のカチューシャがついている。

「華帆ちゃん⁉」

啓太は慌てたが、亜矢は母親の余裕か、年の甲か、少なくとも表面上は慌てず騒がずに悠然《ゆうぜん》と応じる。

「あらあら、華帆ちゃん、ピアノ教室はどうしたの？」

「今日は先生、体調が悪いからお休みなんだって」

「それは心配ね」

頰を手で押さえて心配顔をする母親に、華帆はジト目を向ける。

「啓太くんはわたしの友だちなのに、お母さんとばかり遊ぶのずるい」

「うふふ、娘に嫉妬されてしまったわね」

亜矢の口元に、ニタリとした淫蕩な笑みが浮かぶ。

「ちょっと遊んでいただけで、華帆ちゃんから取ろうなんて思っていないわ。そうだ。どうせだから、華帆ちゃんもいっしょに遊びましょ」

「え……」

戸惑う啓太を他所に、亜矢は娘を手招きする。

「こっちにきなさい。啓太くんを気持ちよくする方法を教えてあげるわよ」

「……」

華帆がどのような態度をとるか予想できずに、啓太は硬直していた。華帆は少しためらったようだが、しぶしぶ近づいてくる。

ソファに仰向けになった幼馴染み。その男根にパイズリをする母親。その傍《かたわ》らにたった華帆は、どうしていいのかわからないようだ。

「啓太ちゃん、華帆ちゃんにキスしてあげてくれる？」

亜矢は胸の谷間に男根を挟んだまま、軽く頰を押さえて少年を促す。

「は、はい」

背もたれから上体を起こした啓太は恐るおそる、華帆の両肩を抱いた。

「華帆ちゃん、キスしていい？」

「……うん……」

緊張に顔を強張らせながらも華帆が頷いたので、啓太はそっと抱き寄せると、唇を重ねた。

「チュッ」

小学生の少年少女の唇が合わさった。

(うわ、華帆ちゃんとキスしちゃった!?)

幼馴染みだし、いつもいっしょにいる少女だ。共通の友だちも多く、よく二人の仲をからかわれたりもする。

だから、意識していなかった、といえばウソになるのだろう。

ただ、紀子や亜矢のような成熟した大人の女性との関係に溺れていた啓太は、お子様体型の華帆に性的な欲望を抱いていなかった。

しかし、いざ唇を合わせてみると、言いようのない愛しさが胸の奥から募ってくる。

(華帆ちゃんはぼくのものだ。ぼくの女だ)

華帆の美少女ぶりは、子供たちのコミュニティでは有名だ。『牧野華帆ファンクラブ』なるライングループが作られているくらいである。

そのファンクラブの連中からやっかまれて迷惑していた啓太だが、やっかまれても仕方がないと覚悟を決めた。

唇を重ねるだけでは飽き足らず、舌を出して華帆の唇を舐める。

「っ」

華帆は驚いたようだが逃げなかった。そこでさらに狭間に入れて、前歯を舐める。

(やっぱ、華帆ちゃんの歯、小さいな。かわいい)

小さな前歯を舐め、その上下の歯の間に舌を入れて、上顎の縫い目を舐めてやる。

「うぐ……」

ゾクリと震えた華帆が目を見開いた。

(あは、華帆ちゃん感じている)

これは亜矢に教えてもらったテクニックの一つだ。女は上顎の縫い目を舐められると感じるのだという。

その母親の性感帯は、娘にも有効だったらしい。

さらに啓太の舌は、華帆の小さな舌を捕らえる。

「う、うむ……」

華帆は諦めたように目を閉じると、啓太の舌を受け入れた。

「ふむ、ピチュ、プチュ……」

舌には特に味はしないのに美味しいと感じるから不思議だ。それは華帆も感じていることだろう。二人は夢中になって舌を搦める。

啓太は上半身では、華帆を抱きしめ、その唇を吸う。下半身では亜矢にパイズリをしてもらっているかたちだ。

かつて感じたことがない。ふわふわするほどの多幸感が胸いっぱい、いや、全身を包む。

「……ふぅ、ふぅ、ふぅ」

口を塞がれた華帆は、必死に鼻で息をしているのがわかる。

長い時間をかけて幼馴染みとの接吻を堪能した啓太が、満足して唇を離すと、少年少女の唇の間を光の橋ができ、プツリと切れた。

「ふぅ……」

ファーストキスだというのに、濃厚な接吻をされてしまった華帆は、惚けた顔でため息をつく。

「大丈夫だった？　華帆ちゃんってキスするの初めてだったんでしょ」

啓太はハンカチを取り出すと、口の回りを拭いてやる。

「うん、でも、気持ちよかった。キスをすると、こんなにふわふわした気持ちになるのね」

「そうだね。男と女って、肌と肌を合わせるととっても気持ちいいんだ。ぼく、華帆ちゃんにもいっぱい気持ちよくなってもらいたい」

顔を真っ赤にした華帆は、顔を背ける。

「啓太くんのエッチ」

「ダメなの……」

「啓太くんなら、べつにダメじゃないけど……」

そんな小学生の男女の甘酸っぱいやり取りを、少年の下半身で聞いていた三十路過ぎの熟女がからかいの声を出す。

「あらあら、すっかり仲よしで妬《や》けちゃうわね」

「もう、お母さん」

顔を赤くする娘に、亜矢は肩を竦める。

「華帆、こっちにきて。いっしょに啓太ちゃんのおち×ちんを気持ちよくしてあげましょう」

「え、あ、うん……わかった」

華帆は素直にソファから降りると、母親の横に並んだ。そして、母親の乳房の狭間から飛び出す男根の先端を覗き込む。

「これが、啓太くんのおち×ちん？」

「そうよ。男の子はね、ここが誇りであると同時に弱点なのよ。女はこれを弄ることで、男を操縦できるの。ほら、触ってごらんなさい」

「う、うん……」

華帆は恐るおそる右手の人差し指を伸ばすと、包皮に包まれた亀頭部を突っついた。

「あ……」

「べつに怖くないでしょ」

「うん」

当初は戸惑っていた華帆であったが、母親に促されて触っているうちに慣れてきたようだ。

包皮の先端を指で摘まんで弄る。そして、指に付いた粘液を不思議そうに観察していた。

そんな娘の耳元で、亜矢が囁く。

「それじゃ、そろそろおち×ちんの先端をペロペロと舐めてごらんなさい」

「ここを舐めるの？」

思いもかけないことを言われたといった顔をする娘を、淫蕩な母親は促す。

「ええ、啓太ちゃん、すっごく喜ぶわよ。ね、啓太ちゃん、華帆におち×ちん舐めてもらいたいかしら？」

「そ、それは舐めてもらいたいです」

「わ、わかった」

啓太の答えを聞いて、覚悟を決めた表情になった華帆は、母親の胸の谷間から飛び出している幼馴染みの男根に向かって顔を近づけた。そして、ピンク色の舌を伸ばす。

ペロリ……。

包皮に包まれた男根を舐められた。

「あう……」

啓太が歓びの声をあげると、それに応えて華帆は一生懸命に舌を動かす。もちろん、たどたどしい舌使いだ。

とはいえ、いままでいろいろな女性にフェラチオをしてもらってきたが、華帆に舐めてもらえるのは、また格別な気分になる。

「うふふ、どお、見てごらんなさい。啓太ちゃんとっても気持ちよさそうな顔しているでしょ」

母親に促された華帆が、舌を動かしながら上目遣いで見上げてきた。

「だらしない顔……」

「あぁいうだらしない顔になっているのも、華帆が舐めてあげているからよ。ほら、皮の中に舌を入れて、中身をペロペロしてあげなさい」

亜矢に限らないが、年上の女たちはなぜか包茎を剝くのが好きである。おかげで何度も剝かれた啓太の男根には、剝き癖がついてしまったようだ。

ふだんは包茎なのだが、剝こうとすると簡単に剝けてしまう。

華帆のたどたどしい舌技でも簡単に剝かれてしまった。

「はぅ……」

何度剝かれても、亀頭部は敏感だ。

真っ赤に腫れ上がった肉を興味深そうに観察した華帆は、濡れた舌で掃《は》く。

強すぎる刺激に、啓太が震えると、上目使いになった華帆が心配そうに声をかけてくる。

「啓太くん、ここ気持ちいいの？」

「き、気持ちいい。でも、できたら唾液をかけながら舐めてほしい」

痛みもあるが、気持ちいいことは否定できない。

「わかった。頑張ってみる」

啓太の要望に応えようと、華帆は唾液を大量に亀頭部に浴びせながら舐めてきた。

「あ、ああ、華帆ちゃん、気持ちいいよ」

「うふふ、啓太ちゃんかわいい。尊《とうと》いわ」

幼馴染みの少年少女のやり取りを眺めていた亜矢が、頬に手を当てて苦笑する。

「これも母親から娘に教える花嫁修業の一環《いっかん》ね。うふふ、それにしても、娘に料理を教える母親は珍しくないでしょうけど、セックステクニックまで教える過保護な母親というのは、そうそういないでしょうね」

そんな亜矢の見守る、いや、包まれている啓太が断末魔《だんまつま》をあげた。

「あ、もう、らめぇぇぇ」

亜矢の乳房に包まれた男根を激しく痙攣させ、そして、華帆に舐められていた尿道口から白濁液を噴きあげる。

ドビユッ！　ドビユッ！　ドビユッ！

「キャッ！」

白濁液を顔面にぶっかけられた華帆は驚き、顔をしかめる。

「く、臭い。な、なにこれ？　啓太くんのおしっこ!?」

混乱する娘を、亜矢が慰める。

「違うわ。これは啓太ちゃんのザーメンよ」

「ザーメン？」

「子種と言ったほうがわかりやすいかしら？　これをオマ×コの中に出してもらえると、女は妊娠できるの。とっても貴重なものなんだから」

射精を終えた男根を乳房の谷間に挟んだまま娘に顔を上げさせた亜矢は、舌を伸ばして、白濁液をペロリペロリと舐め取り、食べてしまった。

「お、お母さん？」

困惑する娘に、亜矢は舌なめずりをしながら淫蕩に笑う。

「好きな男の子のザーメンが飲みたくなったら、大人の女の仲間入りよ」

「そ、そうなの？」

少しだけ飲んだ華帆は、信じられないといった顔をしている。

「あらあら、服にザーメンがかかってしまったわね。染みになってしまうわ。脱ぎましょう」

胸の谷間から逸物を抜いて、亜矢は立ち上がった。そして、紺色のワンピースを脱ぎはじめる。

紺色のワンピースを脱いだ亜矢は、黒いレース付きのお洒落なブラジャーとパンティ、そして、ガーターベルトを着けていた。

「もう、お母さんばっかり……」

母親に負けじと華帆もまた立ち上がり、ピンク色のワンピースを脱ぎだす。

ピンク色のフリル付きのワンピースを脱いだ華帆は、白地のごくシンプルなブラジャーとパンティを着けていた。成人女性の下着姿を見慣れた目にはいささか華やぎに欠けるが、小学生の女子としては大人びたセンスを感じる。

「うわ……」

ソファで脱力している啓太の視界で、右手に亜矢。左手に華帆が立ちストリップを演じている。

亜矢がブラジャーとパンティも脱いだので、華帆も恥ずかしそうにしながらも下着を脱いだ。

華帆はカチューシャを着けただけ、亜矢はガーターベルトを着けただけの姿になった。

当然ながら、すべての面で、亜矢のほうが大きい。

身長、肩幅、胸の大きさ、尻周り、太腿、脹脛、いずれもむっちりと肉がついている亜矢は、ミルクを固めたような色白の肌をツヤツヤとさせて、ガーターベルトの狭間に見える股間には黒々とした陰毛が炎のように逆巻いている。

三十四歳。出産経験あり。これぞ完成された女体というものだろう。上品な色香が匂い立つような、ムッチムチの牝の体だ。

それに比べて、十二歳の華帆の身長は、亜矢の肩口ぐらいまでしかない。前後の厚みは薄く、手足も細い。乳房は心持ち膨らんだという程度。股間になんら障害物はなく、割れ目を直視することができる。

妖艶な亜矢と、清純な華帆。

二人並べてみれば、比べるまでもなく、女としての魅力は亜矢の圧勝だ。しかし、華帆は啓太と同じ年である。啓太視線でいえば、華帆の体で十分であった。

たとえでいえば亜矢の体は、満漢全席《まんかんぜんせき》だ。美味しそうではあるが、見ているだけで胸やけしそうである。それに対して華帆の体は、新鮮な素材を使った寿司といったところだろうか。無理なく美味しくいただけそうな気がする。

(華帆ちゃんも大人になったら、華帆ちゃんのお母さんみたいになるのかな?)

華帆の二十二年後が亜矢であり、亜矢の二十二年前が華帆だったのだろう、と思わせる容姿だ。

「あらあら、華帆のほうばかり見ているわね。いつものわたしに夢中なのに……妬けてきちゃうわ。娘といえども、女はライバルなのね」

そう言って亜矢は、ソファに膝立ちになると、啓太の頭を乳房の谷間に抱きしめてきた。

「ママになんか負けない」

華帆もまた負けじとソファに膝立ちになり、啓太の頭を抱きしめてきた。

「……っ!?」

おかげで啓太の頭は、母子の乳房で挟まれた。いや、包まれたかたちだ。

(ああ、なにこれ……極楽?)

大きくて柔らかい乳肉と、ほとんど真っ平な乳肉に包まれた啓太は、柔らかい肉を枕にして、平らな乳房に顔を向けた。

イチゴグミのような乳首を舐める。

「あん」

大きさとは関係なく、女性の乳首とは敏感なものらしい。華帆が驚きの声をあげた。

その光景に亜矢が不満の声をあげる。

「もう、ここでも娘優先? 啓太ちゃんも、若い女のほうが好きなのね」

「え、いや、そういうわけでは……ぼく、オバサンも好きだよ。でも、華帆ちゃん初めてだし、優しくしたほうがいいと思って」

「うふふ、冗談よ。それでいいわ。まずは華帆のおっぱいをたっぷりと舐めてあげて」

亜矢の許可をもらったので、啓太は幼馴染みの少女の二つの乳首を心ゆくまで堪能させてもらった。

ほとんど膨らんでいない乳房であったが、イチゴグミのような乳首はビンビンに勃起してしまう。

（あは、華帆ちゃんも感じてくれているんだ）

嬉しくなった啓太は、幼馴染みの少女の二つの乳首を交互に舐めしゃぶった。舐めていない乳首は、指で摘まんで扱く。

「ふぁ……なにこれ、ああ、おっぱいが、おっぱいが、変な感じ……ああ」

幼馴染みの執拗な乳首責めに、華帆は膝立ちになっていることもできなくなったようだ。

それを見て取った亜矢が、啓太の背後から離れて、崩れ落ちそうになっている娘を背後から抱きかかえた。

「そろそろ次に移りましょう」

「お母さん？」

「せいの」

勢いをつけた亜矢は、娘を抱いたままソファに仰向けとなった。同時に華帆に足を搦めて、開脚する。

「啓太くん、こんなのはどお？」

「うわ」

啓太の視界では、亜矢と華帆が縦に並んで開脚したかたちである。当然、亜矢のほうがすべて大きい。

二段重ねとなった女性器。上はツルツルの肌に桃色の亀裂が入り、下は黒々とした陰毛の茂った奥に赤黒い亀裂がある。いずれも半開きであった。

(華帆ちゃんのオマ×コを中まで見たい。いや、どうせだから、華帆のお母さんのオマ×コと見比べたい)

そんな浅はかな男としての本能に従った啓太は、両手の人差し指で華帆の肉裂を割り、親指で亜矢の肉裂を割った。

くぱぁと、同時に上下の陰唇が開く。

何度も見た亜矢の赤黒い媚肉に対して、初めて見る華帆の媚肉は薄いピンク色だった。

(これが華帆ちゃんのオマ×コ!? オマ×コって大人と子供でこんなに違うんだ)

華帆の女性器は、亜矢と似ていないだけではなく、多喜子とも紀子のものともまったく別物に感じた。

生々しさがないと言うのだろうか。まるで妖精の女性器を見てしまったかのような気分になる。

局部に男子の不躾《ぶしつけ》な視線を受けた華帆が悲鳴をあげた。

「ひぃ、啓太くん、どこに触れているの」

「こら、華帆ちゃん暴れないの。でも、娘と見比べられるなんて、わたしも恥ずかしいわ……」

言葉とは裏腹に、亜矢は羞恥心を楽しんでいるようである。

「ご、ごめんなさい」

口先で謝罪こそしたが、啓太は二人の女性器から手を離さなかった。

「でも、華帆ちゃんのオマ×コも、華帆ちゃんのお母さんのオマ×コも、すっごく綺麗で美味しそう」

啓太の言葉に偽《いつわ》りはない。本心からそう思った。

亜矢の女性器がアワビだとしたら、華帆の女性器は姫貝のようだ。いずれも新鮮で大量の潮を垂れ流している。

そのあまりにも美味しそうな海産物を前に、啓太は生唾を飲む。

「い、入れる前に、よく舐めたほうがいいよね」

「な、舐める？」

「ええ、そうね。華帆は初めてなんだから、しっかり舐めてあげて」

混乱する幼馴染みの声は無視して、亜矢の返事を聞いた啓太は華帆の生殖器に、ゆっくりと接吻し、すすり上げる。

ジュルジュルジュルジュルジュル……。

(これが華帆ちゃんのオマ×コ、マン汁の味か)

濃厚だった。酸味も強い。しかし、とっても美味しい。味覚以外のなにかが甘く感じて、啓太はさながら蜜を舐めるか如《ごと》く夢中になって舌を這わせた。

「ああ、啓太くん、そこ汚いわよ。おしっこするところだし……」

幼馴染みに体液をすすられた華帆が悲鳴をあげた。

「大丈夫。華帆ちゃんのオマ×コだよ。それに華帆ちゃんのおしっこだったら、ぼく飲めるよ」

「変態っ!? 啓太くん変態っ!?」

驚愕に目を見開いた華帆は、顔を真っ赤にして叫んだ。

暴れる娘を、亜矢が抱きしめてなだめる。

「華帆、落ち着きなさい。男の子というのはこういうものよ。どうしようもなくスケベなの。そこがかわいくて、愛しいのよ」

啓太も言い訳する。

「うん、クラスメイトの男子だったら、だれでも華帆ちゃんのオマ×コを喜んで舐めると思うな」

「そんなはずあるわけないじゃない。でも、お、お母さんがそう言うなら……我慢する。ひっくっ」

あまりにも想像を超えた羞恥だったようで、華帆はしゃくり上げてしまった。それでも、なんとか覚悟を決めてくれたようだ。

(華帆ちゃんのお母さんに感謝だな。この間は、おっぱいに触っただけでビンタだもんな)

華帆にだけクンニをしているのは、亜矢に失礼だと思い立った啓太は、顔を下げて、亜矢の生殖器も舐める。

「あん、わたしにもやってくれるの。ありがとう」

亜矢が歓びの声をあげる。

（こちらが華帆のお母さんのオマ×コ、マン汁の味）

娘に比べるとだいぶマイルドな味わいである。飲みなれた味だ。

（どっちも美味しい）

感動した啓太は、上下にある母娘《はは こ》の女性器を一つの女性器に見立てて、大きく上下に舐めまわした。

「あん」

「ああん」

上品で美しい母子の二重奏がリビングに響き渡る。

どちらの泉からも尽きぬ愛液が噴き出していたが、だいぶ船底が見えるようになってきた。

針の孔のような尿道口が確認でき、さらに華帆の膣穴がヒクヒクと痙攣しているさまが気になる。

（ここが華帆ちゃんの、おち×ちんを入れる穴か）

亜矢のことも大好きな啓太であったが、初めてということで華帆の体のほうにより好奇心が刺激された。

膣穴の四方に中指と人差し指を添えると、ぐいっと押し広げる。

「っ!?」

華帆は驚いたようだが、母親に抱きしめられているので逃げられなかった。

それをいいことに啓太は、幼馴染みの膣穴を覗き込んだ。

肉洞のごく浅い部分で、白っぽい膜が塞いでいる。

(あはっ、華帆ちゃんの処女膜だ。あれ、でも、鳥居先生のときと違って、ぜんぜん穴が開いてない感じだ。まぁ、すぐにぼくが破っちゃうけど、華帆ちゃんのオマ×コはぼくのものだ)

強烈な独占欲に襲われた啓太は、華帆の女性器を入念に舐めた。自分のものだという所有欲があるだけに大事に扱いたかったのだ。

亜矢の陰核は、自然と剝け出ていたが、華帆の陰茎は包茎である。皮の中で勃起しているのはわかるが、顔は出さない。

そこで先ほどのお返しとばかりに啓太は、舌先で包皮を舐め穿《うが》ってやった。

「そ、そこ、ダメ、ああ、な、なんか、変。変な感じ……」

娘が初めての絶頂に達しようとしていることを察したのだろう。亜矢がアドバイスする。

「うふふ、それが女の歓びよ。気持ちいいでしょ。極まったら、イクって叫ぶのよ」

「あ、あああ……気持ちいい、気持ちいい、気持ちい、イ、ク、イク、イクイクイクイクイク」

母親の教えに従った華帆は、四肢を激しく痙攣させた。同時にプシャッと熱い液体を啓太の顔にかける。

「うわ！」

「ご、ごめんなさい。啓太くんにおしっこかけちゃった」

顔を真っ赤にした華帆は、涙目で震える。

「べつに、いいよ」

啓太は立ち上がって挿入の準備を始める。その間に亜矢が娘を教育していた。

「華帆、それはおしっこではなく、潮噴きよ。うふふ、初めて好きな男の子に舐めてもらって感じすぎてしまったのね」

「しおふき……？」

「そう、潮噴きよ。女が感じたという証なんだから、嫌われたりしないわ、安心して。

ね、啓太くん」

亜矢に促されて、素っ裸となりいきり立つ男根を誇示した啓太は頷く。

「うん、とってもかわいかった」

「だって、華帆。よかったわね。それじゃ、啓太ちゃん、そろそろ華帆におち×ちんを入れてあげて」

「華帆ちゃんには、まだ早いと思うけど」

入れたいと思い準備したのだが、いざ男根を構えると、いままで体験してきた大人の女性の生殖器に比べて、華帆の生殖器があまりにも幼く感じて、啓太はいまさらながら躊躇った。

「あらあら、啓太ちゃんがそういうこと言っちゃうの？」

「それは……」

「華帆、啓太ちゃんはああ言っているけど、どうする？」

母親に決断を促されて、華帆は両手を赤ん坊のように握りしめて叫んだ。

「わたしも、啓太くんにおち×ちん入れてもらいたい」

「っ⁉」

啓太は軽く目を見張る。

「華帆ちゃんがそう言うなら、わかった。入れる」

たしかに小学生男子の自分は、セックスにドはまりしている。小学生女子の華帆が楽しんではいけない道理がない。

それに躊躇ったのは啓太の見栄ゆえである。本心をいえば、入れてみたくて仕方かなかったのだ。

「……」

啓太はいきり立つ逸物を、美しいツルツルの丘の下にすっぱりと開いた亀裂に添えた。

(このまま入れれば、華帆ちゃんのオマ×コの中に入れる。でも、女の人って初めてのとき、痛いんだよな。鳥居先生も痛がっていたし、華帆ちゃんにはできるだけ痛くないかたちで楽しんでもらいたい……あ、そうだ)

不意に閃《ひらめ》いた啓太は、逸物の切っ先を下ろし、亜矢の膣穴に入れた。

ズボリ……。

大人の女の肉壺は、いつものように少年の男根をあっさりと呑み込んだ。

「あん、啓太くん違うわ。そこはわたしの……」

まさか自分に挿入されるとは思っていなかった亜矢が驚きの声をあげる。

「うん、わかっている。華帆ちゃんの中に入れる前に、おち×ちん濡れているほうがいいかと思って」

「そ、そう……あん」

クチャクチャクチャ……。

亜矢の体内で、啓太は男根を幾度となく馴染ませる。

（華帆のお母さんのオマ×コ、ふわっふわでトロットロで、まるで焼きたてのプリンの中に入れたみたいで気持ちいいな……おっと、つい夢中になるところだった。華帆ちゃんのオマ×コに入れないと……）

亜矢の愛液をたっぷりと男根に絡めた啓太は、後ろ髪を引かれながらも腰を引いた。

「あん……」

名残惜しそうな悲鳴をあげた亜矢の膣穴と啓太の男根の間に、濃厚な糸が引く。そのまま切っ先を上にあげて、華帆の膣穴に添えた。

「それじゃ、今度こそいくよ」

「うん」

華帆と視線を合わせながら、啓太は男根を押し込む。

「あ、ひっ」

切っ先にたしかな抵抗を感じた。

華帆は、いわゆる処女のずり上がりで逃げようとしたが、両膝の裏を母親にがっちりと固められているので不可能だった。

「ごめん、華帆ちゃん。今回は痛いだろうけど我慢して」

謝罪しながらも、啓太は容赦なく突き進む。

ブツン！

たしかな手ごたえとともに、膜は破れた。

そこから狭い隧道《ずいどう》を押し広げながら、男根はいっきに根本まで入る。

「ひぃぃぃぃぃぃぃぃ！」

顔を真っ赤にして涙を流す華帆の悲鳴を聞きながらも、啓太は感動に震えた。

「お、おお……これが華帆ちゃんのオマ×コ」

初めて同世代の女の子の膣洞に入ったのだ。

いままで体験してきた多喜子、亜矢、紀子の三人はいずれも甲乙《こうおつ》つけがたいほどに気持ちいい膣洞の持ち主であった。しかしながら、いま華帆の膣洞を体験したことによって、三人の膣洞はやはり大人サイズだったのだと思う。華帆の膣洞は、啓太の男根とぴったりと嵌《はま》る。

まるで合わせるために作られた、ネジとネジ穴のようだ。

啓太は興奮を隠しきれずに叫ぶ。

「気持ちいい！　華帆ちゃんのオマ×コ、とっても気持ちいいよ！」

「そ、そうなの……？　啓太くんが喜んでくれるなら、よかった」

破瓜の痛みに涙を流しながらも、啓太に喜んでもらえるのは嬉しいのだろう。華帆は健気《けなげ》に応じた。

その下から亜矢が笑声を出す。

「華帆はまだ、初潮がきてないの。だから、安心して中に出していいわ」

「そ、そうなんだ……」

啓太にはいま一つピンとこない知識であった。

(でも、華帆ちゃんの処女膜に穴がなかったのは、初潮前だったからかな)

と、なんとなく想像する。

「じゃ、中に出すね」

啓太は欲望のままに腰を振るった。

「あっ、あっ、あっ、あっ」

一突きされるごとに、華帆は嗚咽《おえつ》をあげる。

自分だけ気持ちよくて、申し訳ない気分になるのだが、啓太はどうしても腰を止めることができなかった。

そして、欲望のままに射精してしまう。

ドビュユユユッ！

「あ、ウソ、中に、熱い、熱いものが、啓太くんのザーメンが入ってくるーーー」

華帆は絶頂というわけではないが、膣内射精された感覚はたしかに味わったようだ。

「ふぅ」

満足の吐息とともに、啓太は幼馴染みの少女の体内から逸物を引き抜く。

「……」

惚けている華帆に、亜矢が質問する。

「華帆、どうだった。啓太くんにやられちゃった感想は？」

「……なんか変な感じ……」

華帆は自らの股間に手をやり、溢れ出す精液を掬い上げた。それを眼前に翳す。

白い液体には赤い筋が混じっている。それをペロリと舐めると、口元に笑みをたたえる。

「でも、悪くない気分かも……」

「よかったわね。これから啓太ちゃんにやられればやられるほど気持ちよくなるわよ」

「そうなんだ。楽しみ」

母子の語らいを他所に、啓太は引き抜いた逸物を、再び下の膣穴に入れた。

「あん」

「次は、華帆ちゃんのお母さんの番」

そう言って腰を使い出した啓太を受け止めながら、亜矢は呆れる。

「もう、元気ね」

「華帆ちゃんのオマ×コも気持ちいいけど、華帆ちゃんのお母さんのオマ×コも気持ちいいんだもん」

「ちょ、ちょっと待って」

華帆のときには傷つけないように最大限に気を使ったが、その反動のようにいつも以上の勢いでがっついてこようとする啓太を、亜矢は止めた。

「なに?」

まさか亜矢に拒否されるとは思わず戸惑う啓太に、亜矢は抱いていた娘を下ろし、うつ伏せになった。

四つん這いになった亜矢は、大きな尻を啓太に向かって翳す。

「華帆のオマ×コに比べたら、わたくしのオマ×コなんてガバガバで楽しめないでしょ」

「そんなことないよ」

血相《けっそう》を変える啓太を、亜矢は押しとどめる。

「そう言ってもらえるのは嬉しいんだけどね。わたくしにも見栄があるのよ。そこで、娘が処女をあげたんだし、わたくしも処女をあげたくなっちゃった」

そう言って亜矢は、亜矢は自ら脂の乗りきった白い尻肉を開いた。

啓太の視界に、菊座が差し出される。

「アナルセックスやってみましょう」

「アナルセックス？」

戸惑う啓太に、首を後ろに捻った亜矢が頬を紅潮させながら淫蕩に笑う。

「お尻の穴に入れることよ。やってみたくない？」

「い、入れてみたいです」

啓太は瞬時の躊躇いもなく頷いた。

前々から女性のお尻の穴を眺めながら、ここにも逸物を入れられるのではないか、と考えていたのだ。

「それじゃ、お願い。わたくしもアナルは初めてだから、優しくしてね」

「あ、はい……」

啓太は両手の親指を尻朶《たぶ》の中に入れて、開いた。

そして、薄紫色の菊座に、亜矢の愛液と、華帆の愛液をまぶす。それから、華帆の破瓜の血の付いた男根を添えた。

「それじゃ、入れるよ」

「え、ええ……」

亜矢もいささか緊張した声だ。

啓太は男根を進めたが、菊座に弾かれた。

膣穴は開いているのに、肛門はしっかり閉じている。その違いのために入れるのが難しいようだ。

そこで啓太は肛門の四方に人差し指と中指を置いて、強引に開く。

「華帆ちゃんのお母さん、お尻の穴から力を抜いて」

「わ、わかっているわ……はぁ」

ズボリ……。

やっとのことで小学生の男根が、熟れきった人妻の肛門にねじ込まれた。

「は、入った！　入ったよ！　華帆ちゃんのお母さん」

「そ、そうね。入っているわ。啓太ちゃんのおち×ちんが、わたくしのお尻の穴に……ひぃ、これ……あん、予想以上に恥ずかしいわ」

淑女が羞恥に悶絶する。大きな尻肉の表面には汗がびっしりと浮かんだ。

（うわ、これが肛門に入れた感じか。オマ×コとぜんぜん違う）

正直なところ、膣洞に入れたときのほうが気持ちいいと思った。

膣洞はヤワヤワとした襞肉が男根を包んでくれて、得も言われぬ快感がある。それに対して、肛門は入り口が痛いほどに締めるだけなのだ。

（でも、華帆のお母さんが恥ずかしそうにしている姿、なんかエロくていいな）

男根で感じる快感というよりも、視覚で感じる気持ちよさから、啓太は腰を引いた。

「ひぃいいいいいいい」

肛門が取れるのではないかと思うほどに伸びて、亜矢は世にも情けない悲鳴をあげる。

（うわ、こんな情けない声を出す華帆ちゃんのお母さん、初めて見た）

啓太から見ると、亜矢はなんでも知っている大人の女性である。それを動揺させているのだ。

面白くなって腰を振るっているときだ。突如として肉袋に刺激がきた。

「はひぃっ」

予想外の快感に悲鳴をあげた啓太は、股の下を覗く。

「華帆ちゃん!?」

啓太の股の間に入った華帆が、啓太の肉袋を舐めていた。

「お母さんとばかり遊ぶの、ずるい」

「あ、ご、ごめん、ひぃあ」

初めてのアナルセックスに興奮していた啓太であったが、同時に玉舐めを受けて腰を動かせなくなってしまった。

(気持ぢ、いいぃぃぃ……)

幼馴染みの少女の舌で弄ばれた睾丸から噴き出した熱い血潮が、肉棒を駆け上がり、幼馴染みのお母さんの肛門の中へと注ぎ込まれていく。

「あ、あああ、お尻の中に、出されている……あああ」

大きく口を開けた亜矢は涎を垂らしながら、悶絶する。

この日、啓太はまた一つ、禁断の扉をくぐってしまった。

第六章　ハッピーハーレム誕生会

「華帆ちゃん、今日はぼくの家に寄って行かない？　お父さんもお母さんもいないからさ」

土曜日の午後、小学校が午前中で終わった冨永啓太は、下校を共にした牧野華帆を自宅に誘った。

平日は、華帆の家で宿題をする。そのあと、華帆はピアノ教室に行かねばならない。

しかし、土曜日ならば時間的な余裕がある。

「でも、お昼ごはん、お母さんが用意していると思うし」

灰色のカチューシャをつけたお嬢様然とした華帆は、なにを求めているのか察したのだろう。困った顔を作りながらも、少し頬を染めていた。

決して嫌がっていないと察した啓太は、必死にアピールする。

「ぼくの家で食べればいいじゃん。お好み焼きでいいなら、ぼくが作ってあげるよ」

「え、啓太くんの手料理……」

「うん、お好み焼きは得意なんだ」

母親から、「今日のお昼はお好み焼きを作って食べなさい」と材料を用意してもらっている。

「でも……」

なお渋る華帆の耳元で、啓太は囁く。

「たまには華帆ちゃんと二人っきりで楽しみたいんだ。ね、いいでしょ」

華帆の家だと、どうしても華帆の母親である牧野亜矢の視線が気になる。必然的に3Pになってしまう。

そのことは華帆としても不満だったのではないだろうか。

「もう、啓太くんのエッチ。わかった。お母さんに連絡してみる」

自宅の前で華帆はスマホを使い、牧野亜矢に電話をかける。

「いいって」

「よし、行こう」

歓び勇んだ啓太は華帆の手を引いて、自宅に連れ込んだ。

「お邪魔します」

華帆は玄関で礼儀正しく一礼してから、靴を脱ぐ。

「こっちこっち」

二階の自室に誘う啓太を、華帆は咎《とが》める。

「お昼ご飯は？」

「そんなのあと」

「もう、お腹すいているんだけどな」

文句をいいながらも、まんざらではないといった顔で華帆は階段を上がり、啓太の部屋に入った。

「うふふ、啓太くんの部屋、久しぶり」

啓太が華帆の部屋に行くのは日常だが、逆はあまりない。初めてではないが、華帆は物珍しそうに室内を見渡す。

そんな華帆を抱きしめた啓太は、さっそく唇を奪った。

二人の身長は同じ程度であるから、キスもしやすい。胸に当たるボリュームがほとんどないのは残念だが、それだけに密着感は楽しめる。

「っ!?」

軽く目を見開いた華帆だが、女の子独特のお姉さんぶった表情で目を閉じる。

それをいいことに啓太は、華帆の衣装を脱がしにかかった。華帆は抵抗しなかったので、ブラウスとフレアスカートを投げ捨て、寝台に押し倒す。

「あん、もう、優しくして」

寝台に仰向けになった華帆は、胸元を手で隠しながら、頬を膨らませる。

「わかっているんだけど、我慢できない」

そう言って啓太は、自らの服も脱ぎ捨てた。

反り返った男根を見て、華帆は呆れる。

「もう。男の子ってみんなケダモノだって聞いていたけど、啓太くんまでケダモノだとは思わなかったわ」

「華帆ちゃんがかわいいから、いけないいんだよ」

寝台に乗った啓太は、華帆の最後に残っていたパンティも奪い取って背後に投げ捨てた。

「ほんとエッチ……」

文句をいいながらも華帆は、抵抗するつもりはないらしい。

そこで啓太は、華帆の両足を持って大開脚させると、無毛の股間に顔を突っ込んで陰唇を舐める。

　ペロペロペロ……。

(毛がないと舐めやすくていいな)

　啓太が肉溝の中に舌を突っ込んで舐めしゃぶっていると、華帆が声を張り上げた。

「あぁ……啓太くん、わたしにも、その……啓太くんの、あれ舐めさせて」

「あれって、なに？」

　啓太が股間に顔を突っ込んだまま顔を上げると、華帆と視線が正対する。

　頬を染めた華帆は、視線を逸らしながら答えた。

「お、おち×ちん……」

　どうやら、根が真面目な華帆は、自分だけが快楽を楽しむことに居心地の悪さを感じるらしい。

「わかった。これでいい？」

　啓太は体を反転させた。以前、亜矢とやった男性上位のシックスナインだと慣れていない華帆の喉に刺さるかもしれないと配慮して、啓太は右肩を下にした横位になる。

　これを受けて華帆も右肩を下にした。

「啓太くんのおち×ちんって大きいよね」

鼻先にきた男根を、華帆は嬉しそうに突っつく。

前回は、亜矢にパイズリから飛び出した亀頭部を見ただけであり、そのあとは挿入されてしまったから、華帆が男根の全容を見たのはこれが初めてかもしれない。

「そ、そうかな？」

いままでやった三人の女性には、かわいいと言われてきた。大きいと呼ばれたのは初めてである。

大人の女たちの目から見ると、小さくてかわいい男根なのだろう。しかし、同じ年の少女から見ると、大きく感じるらしい。

啓太は照れ笑いを浮かべて、姫貝に吸い付く。

「先っぽを舐めればいいのよね」

華帆もまた、左手で男根を摘まみながら先端に舌を伸ばしてきた。

ペロリペロリペロリ……。

始めはぎこちないフェラチオであったが、やがて慣れてきたのだろう。華帆は亀頭部を口に含んで吸引する。

チューと吸ったあとで、口を離した。

「ふぅ～、啓太くんのおち×ちんの先の穴から、すごい汁が出てくる。もしかして、

「そろそろ入れたいの」

男根に指を搦めながら、華帆が小悪魔的に質問してきた。

前回、処女を卒業したことで、男根への恐れがなくなり、女として開花してきたようである。

その成長を喜んだ啓太は応じた。

「うん、華帆ちゃんもすごい濡れている。おち×ちん、入れてほしいんじゃない」

「もう、意地悪……」

拗《す》ねる華帆がかわいくて、啓太は提案してみる。

「それじゃ、今日は華帆ちゃんが入れてみようか？」

「え、わたしがやるの……わかった」

ピアノ演奏をして聞き手を楽しませるのが好きな華帆は、サービス精神が旺盛《おうせい》であり、受け身よりも責めのほうが気質に合っているのかもしれない。

啓太が寝台に仰向けになると、身を起こした華帆は、啓太の腰を跨いできた。いわゆる蹲踞の姿勢となり、左手で啓太の腹を押さえながら、右手で握った男性器を自らの亀裂へと導く。

「これでいいの？」

「うん、そのまま腰を下ろして」

「わ、わかった。いくわよ」

前回の破瓜の痛みの記憶があるのだろう。華帆は慎重にゆっくりと腰を下ろす。

しかし、もう処女膜を破ったあとである。なんの抵抗もなくスルリと、華帆の体内に呑み込まれていった。

「あぁ……」

ストンとM字開脚となり、男根をすべて呑み込んだ華帆は、気持ちよさそうにのけぞった。

華帆の晒された白い顎を見ながら、啓太は気遣う。

「大丈夫、痛くない」

「うん、平気……」

華帆は慎重に体内に呑み込んだ異物の存在を確かめているようだ。

「それじゃ次は、腰を使ってみて」

「こ、こう……あん」

華帆はなんとか腰を持ち上げて、落とした。そのなんともぎこちない腰使いに、啓太は慌ててアドバイスする。

「上下じゃなくて、前後に動かすといいよ」

たしか啓太の童貞を食ったときの多喜子が、騎乗位で行っていた腰使いを思い出す。

「わ、わかった。こんな感じ……あん、あん、あん」

やはり上下よりも、前後のほうが腰を動かしやすいようだ。次第に華帆の腰使いは安定して、リズミカルになっていく。

(腰を使っている華帆ちゃん、なんか綺麗だな)

幼馴染みである。毎日、親の顔より見ている顔であったが、下から見上げるという角度からはほとんど見たことがない。

それに大人の女性に騎乗位をしてもらっているときは、乳房がブルンブルンと躍って大変な迫力だが、華帆の乳房はまったく揺れない。

しかし、心持ち膨らんだ肉丘の頂を飾るピンク色の乳首は、乳頭が勃起して、ツンと上を向いていた。

幻惑《げんわく》された啓太はほとんど無意識に手を伸ばし、赤い華の蕾《つぼみ》の周りを撫でまわす。

「あん、ダメ……」

強い快感から逃げようとした華帆は啓太の手を取ってきた。互いの手のひらが合わさる。いわゆる恋人繋ぎと呼ばれる握り方になった。

「華帆ちゃん？」

「啓太くんはそのままおとなしくしていて。わたしが気持ちよくしてあげるから」

「うん、わかった」

華帆がやる気になっているのだ。邪魔したら悪いと思い、啓太は受け身に徹することにした。

「うふふ、啓太くんのおち×ちんが、わたしのお腹の中でヒクヒクしているのがわかる。腰を動かすと、コリコリして、あん、啓太くん、気持ちいい？　わたしのオマ×コの中、気持ちいい？」

「ああ、気持ちいいよ」

「ああん、嬉しい。啓太くんに喜んでもらえるの、すっごく嬉しい。わたしも、わたしも気持ちいい、気持ちいいの……啓太くんのおち×ちんが、わたしのオマ×コをいっぱいに広げているのが、気持ちいい」

騎乗位は女が好きに腰を使えるため、自分で自分の気持ちいい場所を見つけて刺激してしまう。

清純派の美少女も、腰の動きを止められなくなったようだ。

顔を真っ赤にして涙目になりながら、快感を求めて一生懸命に腰を振るう幼馴染みの痴態を、啓太はうっとりと観察した。
（華帆ちゃん、かわいい……あの華帆ちゃんが、ぼくのおち×ちんの上でこんなこと
しちゃうんだ）
クラスメイトの『牧野華帆ファンクラブ』に所属している男子のだれも知らないと
いうよりも、想像もできない牝の姿である。
「気持ちいい、気持ちいい、気持ちいい」
小学生の男女が最高に盛り上がっていたときだった。
「おっと!?」
華帆の背後から驚きの声が聞こえた。
快感を貪って我を忘れていた美少女の細い肩が、ビクンと震えて硬直する。
「た、多喜子お姉ちゃん」
華帆の背後に目をやった啓太は絶句《ぜっく》する。
廊下をタンクトップにタイトなミニスカートをきた、クルクルパーマのお姉さんが
立ち尽くしていた。
同居している叔母の冨永多喜子だ。
華帆と一刻も早くセックスを楽しみたいがあまり、啓太は部屋の扉を閉めるという

作業すら惜しんでしまったのだ。

そのため昼食を食べようと部屋を出た多喜子は、階段を下りる前に、啓太の部屋の前を横切り。甥っ子の部屋の惨状《さんじょう》を見てしまったということだろう。

多喜子がこの時間にいるのは珍しい。大学が終われば、友だちと遊びに行くのが常だからだ。

だから、いることを完全に失念《しつねん》していた。

「……」

啓太と華帆は繋がったまま硬直していると、多喜子は右手をあげて、フレンドリーに挨拶してきた。

「華帆ちゃん、いらっしゃい」

「多喜子お姉さま、お邪魔しております」

騎乗位中の華帆は、いささか場違いなほど丁寧に頭を下げてしまったのは、育ちのよさの表れだろう。

家が隣なのだ。華帆と多喜子も顔見知りだ。

美人でかっこいいお姉さんということで、華帆は多喜子に尊敬というか、憧れている節《ふし》が感じられる。

「お姉さまなんて呼ばれるのは、ちょっとこそばゆいわね」

苦笑した多喜子は、啓太の部屋にズカズカと入ってくると、二人の乗る寝台の縁に腰を下ろす。

そして、しげしげと二人を観察する。

「あんたたち、もうそういう関係だったんだ」

「は、はい……」

男根を膣穴に入れている華帆ははにかみながら頷く。

華帆としては胸元を手で隠したかったのだろうが、あいにくと啓太と指を搦めていたので外せなかった。

多喜子は腕組みをしながら慨嘆する。

「最近の小学生は進んでいるわね。さすがのあたしも、初体験は中学生になってからだったわよ」

「はは……」

乾いた笑いで受け流そうとする華帆の傍らで、多喜子はすっと頭を下げた。そして、華帆の右の乳首を舐める。

「あん、やめてください……」

「いや、ここで見て見ぬふりをするのも、なんかなぁ、と思うから少しサービスしてあげるわよ。ほら、おち×ちん入れられた状態で、他の女におっぱい舐められると気持ちいいでしょ」

「し、知っています」

華帆の返答に、乳首を舐めていた多喜子は眉をひそめた。

「知っています？　なに、華帆ちゃん、もうすでに3Pまで経験あるの？」

「……」

失言を悟った華帆は、慌てて口をつぐんだ。

しかし、もはや手遅れだった。

恋愛強者のお姉さんは甘くない。ただちに多喜子の後ろに回ると、両手を腋の下から入れて、両の乳首を摘まんだ。

そして、クリクリとこねくりまわす。

「ああん、らめぇぇぇ」

「さぁ、言っちゃいなさいよ。3Pをした相手はだれ？」

「い、いえません」

身悶えながらも華帆は拒否した。

「ちょ、ちょっと多喜子お姉ちゃん、はぅ」

啓太が助け船を出そうとしたら、肉棒がグリルとねじれた。

嫌、華帆の体が百八十度回頭したのだ。

「啓太、あんたは黙ってなさい」

多喜子の一喝《いっかつ》とともに、啓太の顔面に赤いパンティに包まれた引き締まった小尻が覆いかぶさった。

すなわち、華帆を背後から抱きしめたまま、多喜子が啓太の顔面に座ってきたのだ。

「ふぐ」

突然、視界を塞がれた啓太は抵抗の気力を失う。

(ああ、多喜子お姉ちゃんのオマ×コの匂い)

パンティ越しに感じる綺麗なお姉さんの生殖器の香り。それは青少年を黙らせるには十分すぎる兵器であった。

甥っ子を沈黙させることに成功した多喜子は、改めて華帆を尋問する。

「ほら、いっちゃいなさいよ。あたしにだけ。悪いようにしないわよ」

「あ、らめ、らめ、らめ、そこはらめ」

華帆を背面の騎乗位にした多喜子は、左右の乳首を扱いただけではない。右手を下ろすと男女の結合部を弄った。

「うふふ、かわいいクリトリス。華帆ちゃん、あなた自分でここに触れたこともないんじゃない？　それなのに、もう男を知っていて、なおかつ３Ｐ？　いったいだれが、かわいい華帆ちゃんをそんな淫乱な道に引きずり込んだの？」

クチュクチュクチュクチュ……。

多喜子は右手で陰核を、左手で乳首をこねまわす。

「もう、らめ、らめ、多喜子お姉さま、やめ、ああ、らめ」

淫乱お姉さまの責めは、淫乱人妻の責めよりもえぐかったらしい。華帆がかつてない甘い悲鳴をあげている。

（くっ、華帆ちゃんのオマ×コがキュンキュンしている）

前回の華帆は、破瓜の痛みもあって絶頂するという感じではなかった。しかし、いま多喜子の指マンを受けたことで、一気に高まったようだ。

（この感じ、華帆ちゃんイクところだ）

すでに他のお姉さまたちの絶頂を知っている啓太は、男根からその予兆《よちょう》を感じることができた。

「華帆ちゃんの、このかわいいクリトリスを弄ったのはだれ？」

「お、お母さん～～～！」

告白と同時に、華帆は絶頂した。肉壺が蠢《しゅんどう》動して男根を吸い上げる。

（で、出る……）

ドビュユユユ！

幼馴染みの絶頂痙攣を肉棒に感じて、啓太もまた絶頂してしまった。

「ひぃぃぃぃぃ」

華帆の体は、脈打つ男根に合わせるようにビクンビクンと跳ねた。それを背後から抱きしめながら、さすがの多喜子も驚愕した表情になる。

「亜矢さん？　へぇ～、亜矢さんも真面目そうな顔してやるわね。ということは親子丼？　啓太、あんた、親子丼していたの？」

多喜子は腰を上げ、股の下にあった甥っ子の顔を見下ろす。

「う、うん……」

いまさら隠すこともできず、射精のあとの脱力感のなか、啓太は頷いた。

多喜子はクルクルの頭髪を掻き上げる。

「わが甥っ子は、想像以上に爛《ただ》れていたわね」

華帆は母親を守ろうとしたのか、さらに口走る。

「啓太くんは、もう一人……」

「え、まだいるの？」

驚く多喜子に、華帆は白状する。

「学校の先生とやっている……」

「ど、どうしてそれを⁉」

啓太が亜矢とやっていることを、華帆が承知しているのは当然だが、まさか紀子との関係まで把握されているとは思わなかった啓太は動揺した。

そんな啓太を横目に、華帆は不満そうに答える。

「啓太くんが保健室で、鳥居先生とエッチしているの、見たもん」

「いっ」

以前、保健室で紀子とエッチしていたときに感じた気配の正体は、華帆だったということを、啓太はこのとき知った。

華帆は、学校での啓太の行動を観察していたのだ。

「へぇ～、面白いわね。啓太、詳しく聞かせなさい」

「……」

「いまさら隠し立てする必要はないでしょ。ほら、とっとと白状しちゃいなさい」

押し黙る啓太の顔に、多喜子は再び腰を下ろし、染みの浮かんだパンティを擦りつける。

その拷問に屈した啓太は、女性遍歴を洗いざらい白状させられてしまった。

「ほぉ～、なるほど、人妻と女教師に食われていたか。あはは、わが甥っ子ながら末恐ろしいわね」

一通り聞き終えた多喜子は、口元に邪悪な笑みを浮かべる。

啓太はもっとも知られてはいけない人に、秘密を暴かれてしまったと恐怖した。

「そういえば啓太、あんたもうすぐ誕生日だったわよね」

「う、うん……それがどうかしたの？」

いきなりの話題転換に啓太は戸惑う。

「いいわ、わたしに任せておきなさい。とびっきりの誕生日会を開いてあげるわ。それはともかくとして」

多喜子はスカートの中からセクシーな赤いショーツを下ろすと、華やかに投げ捨てた。

「華帆ちゃん、今日はあたしと3Pを楽しみましょう」

「はい。多喜子お姉さま」

もともと多喜子に懐いていた華帆は、すっかり心酔《しんすい》してしまったようである。

そのあと、三人は昼飯も取らず、心ゆくまで性欲を貪った。

＊

「本日は、あたしのかわいい甥っ子の誕生会に集まってもらって、ありがとうございます」

両肩を大胆に晒した真っ赤なキャミソールドレスに身を包んだ多喜子が声を張り上げたのは、啓太たちの住んでいる町にある海辺のコテージだった。

お洒落な建物だが、六月はシーズンオフということで、多喜子の遊び仲間の伝手《つて》で借りたらしい。

ここで啓太のお誕生日会が開かれることになったのだ。

招待されたのは、幼馴染みの牧野華帆とその母親の牧野亜矢。そして、担任教師の鳥居紀子である。

紀子は水色のスカートに、胸元にレースのついたドレスシャツ。左の胸元に造花をつけていた。

たとえていえば、友人の結婚式に出席するような装いといったところだろうか。

翠髪の亜矢は濃紺色の膝丈ワンピース、胸元には大粒の真珠のネックレス。歌劇でも見に行く貴婦人のようだ。

カチューシャを付けた華帆は、フリル付きのピンクのドレス。袖がカボチャのようにすぼまったパフスリーブで、ピアノ発表会の衣装のようだ。

主催者である多喜子を含めて、なぜみんなフォーマルな装いをしているかといえば、誕生日会への招待状に、礼服できてくださいと書かれていたためだ。

啓太の担任である紀子は、当然、華帆の担任でもあるわけで、保護者の亜矢とは面識がある。

「先生、いつも華帆がお世話になっております」

「いえいえ、牧野さんは本当にできたお子さんで、わたしのほうこそ助けられていいます」

思いもかけないところであった二人は、社会人らしい丁寧な挨拶を交わしていた。

全員にシャンパングラスが配られる。

紀子、亜矢、多喜子のグラスに入っているのは酒のようだが、小学生の啓太、華帆はアップルジュースである。

「それじゃ、まずは冨永啓太くん、十二歳の誕生日おめでとう。かんぱ～い」

多喜子の音頭に従って、三人の女たちはグラスを掲《かか》げて唱和《しょうわ》する。

「おめでとう」

「ありがとうございます」

儀礼どおりに祝福されて、啓太は照れながらも応じる。

みなが飲み物を一口味わったところで、多喜子が口を開く。

「さて、本日、ここに集まった女たちには一つ、共通点があります。なんだかわかりますか？」

「……」

華帆は心酔した表情で多喜子を見ているが、紀子と亜矢は戸惑った顔であたりを見渡す。

特に紀子は、不安げだ。もともと気弱な性格であるうえに、多喜子とは初対面である。

見るからに華やかで社交的な多喜子とは水と油。同じ女でも別世界の存在に感じるのだろう。

大胆に晒した肩を竦めた多喜子は、啓太を背後から抱きしめると、ドレスに包まれた双乳を頭に乗せながら答えを投げる。

「うちの甥っ子を食っちゃった女たちで〜す」

「っ!?」

紀子と亜矢は、ギョッとした顔で互いの顔を見た。

多喜子はかまわず進行する。

「うふふ、みなさん真面目な顔して揃いも揃って、若い男が好きなショタコン変態女たちってわけですねぇ」

からかってくる多喜子に、紀子はムキになって反論した。

「わたしはショタコンじゃないわ。好きな相手が、たまたま小学生だっただけよ」

「いや、それ完全にショタコンの言い訳だから」

「……っ!」

苦笑する多喜子の指摘に、紀子は絶句してしまった。どうやら、いままで自分を必死に騙していた言い訳を打ち砕かれてショックだったようである。

代わって亜矢が応じた。

「多喜子ちゃん、なにをいいたいのかしら?」

家が隣の多喜子と亜矢は、もちろん顔馴染みである。

亜矢の悠揚《ゆうよう》迫らざる雰囲気に気圧《けお》されて、さすがの多喜子もいささか怯みながら応じる。

「安心してください。べつに、みなさんを告発するために集まってもらったわけではありませんから。ただ、あなたたちが甘やかすから、この子、すっかり女を舐めているんですよ。しっかりと再教育すべきだと思いまして」

多喜子は、抱きしめている啓太の頭を小突く。

「痛い」

「どういうこと？」

小首を傾げる亜矢に、多喜子はニヤリと笑う。

「ですから、啓太の十二歳の誕生日プレゼントということで、みなでハーレムパーティと洒落込みましょう。そのために今日、この場所を用意しました」

「……っ!?」

「ほら、啓太、脱ぎなさい」

息を飲む女たちの見守るなかで、多喜子は啓太の服を脱がす。

啓太には、多喜子に逆らうという選択肢はない。たちまち素っ裸にされてしまった。

勃起している逸物を見られるのが恥ずかしく、股間を手で隠すもはみ出してしまう。

その光景に、亜矢が破顔《はがん》する。

「まぁ、多喜子ちゃんったら、面白い余興《よきょう》を思いついたわね。いいわ、乗りましょう」

歩み寄ってきた亜矢に、多喜子は華やかに笑う。

「さすが亜矢さん、話が早い」

「どうやら、うちの華帆もすっかり手懐《なず》けられちゃっているみたいだしね」

亜矢は、娘の姿をチラリと見る。

「わたし、もう子供じゃないし」

華帆は澄《す》まして答える。亜矢は悠然と頷く。

「はいはい。好きな男の子とエッチを楽しんでいる子は、もう大人よ」

それから亜矢は、啓太の頭を抱きしめる。

「それにしても、啓太ちゃんもやるわね。多喜子ちゃんと学校の先生までコマしているだなんて、オバサン、想像もしなかったわ」

「いや、その……」

亜矢はいつもどおり優しい笑顔なのだが、その白い透き通る肌を通して、怒気《どき》が透けているような気がして啓太は怯える。

多喜子と亜矢が、ハードグミの砲弾おっぱいと超柔らかミルクおっぱいで、啓太の顔を挟んできた。

「華帆は、おち×ちんをお願いするわね」

「は〜い」

母親の指示に従った華帆は、啓太の前にかがまって、両手で逸物を握る。

「あわわ……」

素っ裸に剝かれたうえに、美しく着飾った美女、美人、美少女に取りつかれた啓太は動揺の声をあげる。

その光景を呆然と見ている紀子に、多喜子が声をかける。

「ほら、先生もこっちにきて、この女を舐めているクソガキの矯正《きょうせい》を手伝って」

「え、でも、わたしは……」

両手を股間のあたりで組んでモジモジと躊躇う紀子を、多喜子は嗤《わら》う。

「女を教えてあげるつもりだった先生だって、うすうす気づいていたんでしょ。こいつ、女に慣れきっているなって」

「そ、それは……」

紀子は顔を背けた。

わかっていたけど、見ないように、考えないようにしていた真実といったところだろうか。

亜矢も声をかける。

「センセ。いっしょに楽しみましょう。自らの体を使って教育するだなんて、教師の鑑《かがみ》だと思いますわ」

「……そ、そんなことを言われても」

なお躊躇う紀子に、逸物を扱いていた華帆が声をかけた。

「先生、こっちにきて、いっしょにおち×ちんを舐めましょう」

華帆にとって初体験は、母親との親子丼。二回目は多喜子との3Pである。ハーレムセックスにまったく抵抗がない。

「わ、わかりました……」

諦めの吐息をついた紀子は歩み寄り、華帆と並んで跪いて、啓太の下半身に取りついた。

紀子の右の手のひらと、華帆の左の手のひらが男根を挟む。

それから紀子は、おずおずと傍らの教え子に声をかける。

「牧野さん、その……冨永くんとお付き合いしているの？」

「お付き合いしているというわけではありませんわ。だって啓太くんごらんのとおり、すっごい浮気者なんですもの」

澄ました顔の華帆はチラリと上を見る。それにつられた紀子が視線を上げると、巨乳に挟まれてデレデレになっている啓太の顔があった。

「はぁ〜、百年の恋も醒《さ》めそうな顔ね」

ため息をつく紀子に、華帆が積極的に頷く。

「でしょ。それにわたし、まだエッチのことあんまり詳しくなくて、これからも先生にいろいろ習いたいです。啓太くんをどうやって楽しませるか」

「そんな、わたしだって詳しくないわよ。でも、わかった。応援するわ。これからは、いっしょに楽しみましょう」

教師と教え子は意気投合して、亀頭部を舐めてくる。

レロレロレロ……。

啓太の男根は、お子様サイズではあったが、大人の女たちのたゆまぬ努力によって、勃起時には包皮から中身が飛び出すようになってしまっていた。

その赤い秘肉の鈴口を、大人と子供の二枚の舌で交互に舐め穿《ほじ》られる。

(あう、気持ちいい……)

独りの女性にフェラチオされるだけで、男は満足できるのに、二人がかりで舐められると快感が倍増。いや、乗算《じょうざん》される。

まして現在、啓太の顔は絶賛、極上おっぱいにサンドイッチにされている最中だ。

「啓太、言われているわよ。飼い猫たちに完全に見下げられているわね」

「仕方ないわよ。啓太ちゃんは浮気しまくったんだし、自業自得《じごうじとく》ね」

多喜子と亜矢は、啓太の顔を乳房で挟むだけでなく、啓太の乳首を摘まんでこねまわしてきた。

「あ、ああ、そ、そこ……らめ」

男なのに乳首を摘ままれてこねまわされるのが気持ちいい。それを認めるのが恥ずかしくて啓太は悶絶する。

「先生、わたしたちも負けてられませんね」

「ええ、そうね。がんばりましょう」

上品な淫乱人妻と遊び人の女子大生に対抗意識を燃やした、真面目な女子小学生と奥手な女教師は、肉棒を左右から咥えた。そして、先端に向かって扱き上げる。

さらに彼女たちの手が、肉袋をマッサージしてきたからたまらない。

「あ、ああ、もう、もう、出る、出ちゃう、あああ」

四匹の牝に全身を弄ばれた啓太は蟹股になって震え、そして、忘我《ぼうが》の境地に達した。赤いドレスと濃紺のドレスに包まれた巨乳に顔を挟まれながら、左右の乳首を悪戯されていた啓太は、女教師と幼馴染みに左右から接吻されていた男根を激しく脈打たせる。

ドビュドビュドビュユユユユユ……。

白濁液が昇竜のように舞い上がった。

＊

「はぁ、はぁ、はぁ……」

魂まで出てしまったのではないかと思える快感に、啓太は脱力して床にへたり込んだ。

理性が戻ってくると、先ほどまで自分の体に取りついていた四人がいないことに気づく。

大好きな女たちを求めて視線をさまよわせると、パーティ会場の中央に置かれた料理の並ぶテーブルに四人の女が並んで上体を預け、尻を突き出していた。

啓太の視界で左から、赤、濃紺、水色、ピンクとカラフルなスカートが並ぶ。

「……」

呆然と見ている啓太に向かって、多喜子は右手を後ろにやると赤いキャミソールドレスの裾をめくった。

「啓太、次はあたしたちにサービスしなさい」

赤いお洒落なパンティに包まれた、きゅっと吊り上がった尻が露となる。

その横で亜矢もまた、濃紺のスカートをたくし上げた。

「啓太ちゃん、いらっしゃい」

むっちりとした凹凸に恵まれた足は、太腿の半ばまでの黒いストッキングに包まれていて、黒いガーターベルトに吊るされている。そのガーターベルトの上から黒いセクシーショーツが穿かれていた。

一番右側の華帆もまた、母親に負けじとピンクのスカートを上げる。

「啓太くん、わたしも欲しい」

華帆の足は大人たちに比べると短く、マッチ棒のように細い。足首までの白い靴下にはレースがついている。タイツの類は穿いていないが、生足でもピチピチの肌が眩しい。

小さなお尻を包むショーツは、純白だった。

みながやっているのに自分だけやらないわけにはいかないと思ったのだろう。淫乱母子に挟まれた紀子もまた、水色のスカートをたくし上げる。

「冨永くん、お願いします」

半透明のパンストが穿かれている。パンストの向こう側に水色のパンティが見えた。亜矢のような色気、多喜子のようなお洒落さはなかったが、大人の女性の下着である。生々しい魅力があった。

「うわぁぁぁ」

感動の声をあげた啓太は、餌を出された犬のように駆け寄ると、四つ並んだお尻から、パンティをそれぞれ太腿の半ばまで引き下ろした。

(どのお尻も素敵だ)

年齢も外見も性格もまるで違う、四人の女たち。

尻が一番大きいのは、やはり亜矢だった。ふっくらとしてもっちりとしている。黒々とした剛毛の奥に、赤黒いアワビのような女性器がデンと鎮座《ちんざ》している。

二番目は多喜子。褐色の艶やかな肌が内から張り裂けないと不安になるほど、パンッと張りつめている。綺麗に整えられた陰毛の狭間には、シャトーブリアンのような、口に入れたら溶けてしまうような媚肉が覗く。

三番目の紀子の尻は色白で肉付きも少ない。特別感はない普通の大人のお尻なのだろうが、それゆえに安心感もある。手入れはされてないようだが、本数そのものは少ないので見苦しさを感じさせない陰毛の中に、淡い灰色で縁取りされた女性器がある。

四番目は華帆。さすがに成人女性たちと比べるのはかわいそうだろう。しかし、啓太の性欲は十分に刺激された。もちろん、陰毛はなく、直接、秘裂を拝むことができる。姫貝のように一飲みにできそうなかわいらしい女性器だ。

「多喜子お姉ちゃんも、鳥居先生も、華帆ちゃんも、華帆ちゃんのお母さんも、みんな素敵です」

夢の光景に歓喜した啓太は、四つ並んだ女尻に順番に顔を突っ込むと、尻肉の弾力を楽しんだ。

もちろん、舌を伸ばし、肛門から会陰部を通って、女性器を舐める。

「ああん」

甘い嬌声が聞こえてきた。

どの愛液も決して甘いわけではないのだが、蜜のように甘く感じた。愛液は若いほど濃密な気がする。

啓太はさながら花々の間を飛びまわる蜂の如く、四つの尻に顔を埋めて蜜をすった。

なにせ大好物が四つも並んでいるのである。忙しい。

その光景に多喜子が呆れる。

「こいつ、ほんと猿よね」

亜矢は艶やかに笑って肩を竦める。

「うふふ、おサルさんだからかわいいのよ、ね、先生」

「それは……はい。冨永くんは、ほんとエッチが大好きなんです」

話を振られた紀子は、恥ずかしそうに頷いた。

「なるほど、男の子はエッチなほど魅力的なんですね」

大人たちの会話に、華帆は納得顔で相槌《あいづち》を打つ。

小学六年生にして、男性観が歪《ゆが》んでしまっているようである。

啓太としては、一生懸命に四人にクンニしているのだが、女たちは会話を楽しむ余裕がある。

（うー、このままじゃダメだ。もっと感じてもらわないと）

焦った啓太は、一つずつクンニしているだけでは間に合わないと感じて、左右の手を広げて蜜壺に指を入れて掻きまわす。

チュクチュクチュクチュ……。

「あん」

指マンされた女たちは嬌声をあげるが、啓太には腕が二本しかない。どんなに頑張っても同時に三人までしかご奉仕できなかった。忙《せわ》しく四つの蜜壺を、両手と口を使って奉仕する。

そんな不断の努力の結果、四つの蜜壺は十分に潤ったと思う。そう判断した啓太は、女たちに訴えた。

「ねぇ、四人とも入れていいの？」

啓太の情けない訴えに、亜矢が応じる。

「もちろん、そのためにみんな、オマ×コ濡らして待っているのよ」

「やったー」

喜び勇んで立ち上がった啓太は、いきり立つ逸物を構える。

「うふふ、さすがにこんなのあたしも初めてだし、楽しみだわ」

「それじゃ、行きます」

啓太はまず、亜矢の尻を抱いて、男根をぶち込んだ。

「ああん、今日はいちだんといい感じよ」

ねっとりふわふわの暖かい襞肉に男根が包まれる。

(気持ちいい……でも、今日は一つに留《とど》まったらダメだ)

啓太は断腸《だんちょう》の思いで、極上の蜜壺から男根を抜くと、左手にあった多喜子の蜜壺に入る。

「おっと、いくら気持ちよくても出したらダメよ。いま出されたら興醒めだからね」

「わ、わかっているよ」

綺麗な叔母の膣洞は、非の打ち所がなく気持ちいい。外見が素晴らしいと、中身まで素晴らしいということなのだろうか。

(出るな、出るな、出るな)

小学生男根は、決して耐久力《たいきゅう》に優れていない。すぐに射精しそうなのを気力で止めながら、腰を二度三度と前後させた。

(も、もういいか? よし、次は先生だ)

なんとか自分との戦いに勝利した啓太は、美しい叔母から男根を抜くと、先ほど楽しんだ亜矢の蜜壺を飛び越えて、紀子の中に入れる。

「んっ、冨永くん、そんな無理をしなくていいのよ」

「大丈夫。ぼく、絶対に四人とも満足させるから」

啓太は意地になって応じた。

(でも、先生のオマ×コって、ぼくのおち×ちん専用の形しているからな)

自分より十歳以上年上の女性ではあったが、啓太が処女を奪い、その性感帯を開発している、自分しか入ったことのない肉穴である。そのため強烈な独占欲があった。

(鳥居先生は、ぼくのものだ。ぼくが気持ちよくしないといけないんだ)

その使命感ゆえに自然と腰使いが激しくなってしまう。

「あん、あん、あん」

その横で、華帆がジト目を向けてくる。

「啓太くん、わたしに入れる前に出したら、もう口をきいてあげないから」

ゾクッ!

背筋が寒くなり、暴走しようとしていた腰が止まる。

「あはは、わかっているよ。華帆ちゃん」

「だといいけど」

テーブルに上体を預けたまま、華帆は澄ました顔で応じる。

小学六年生にして女として目覚めた華帆は、男を尻に敷くという女の本能にも目覚めてきているようだ。

（華帆ちゃん、こわっ！）

内心で恐懼《きょうく》しながらも啓太は、紀子の膣穴から男根を抜き、一番右に居た華帆の小尻を抱く。

そして、男根を押し込んだ。

「ううん」

華帆は気持ちよさそうに身悶える。

（くっ、やっぱり華帆ちゃんのオマ×コが、ぼくのおち×ちんに一番ぴったり合う）

まさに鍵と鍵穴。啓太の逸物の形状に嵌る穴だ。

（でも、やっぱり、どのオマ×コも気持ちいい）

熟れきった亜矢、完璧な多喜子、自分専用の紀子、身の丈にあった華帆。いずれも啓太にとって、かけがえのない肉壺に感じた。

啓太は四つの蜜壺に、順番に男根を入れて回る。それを三回ほど巡回《じゅんかい》したところで、亜矢が声を張り上げた。

「そろそろ、イカせてちょうだい」

「はい」

我慢比べに勝利したような気分になって嬉しくなった啓太は、亜矢の白いデカ尻を摑んで豪快に腰を使いはじめた。

「うおおお！！！」

四人を満足させなくてはならない。子供心にそんな使命感に燃えた啓太は、まず一人目の攻略に挑んだのだ。

亜矢を最初の相手に選んだのには、理由がある。

（華帆のお母さんは激しく突かれるのが好きなんだ。体力があるうちに攻略しないと大変なことになる）

啓太の若さに任せた凄《すさ》まじいピストン運動に、亜矢は涎を噴いて喜ぶ。

「ああ、いい、いい、いいわ」

上品な貴婦人の淫らな変わりように、多喜子と紀子は驚きを隠せない。

「いくよーーーッ！」

「きてぇぇぇぇ！」

淑女の要望に応えて、啓太は思いっきり射精した。

ドビュッ！　ドビュッ！　ドビュッ！

「はぁぁぁ……」

膣内射精に満足した亜矢は、テーブルに突っ伏《ぷ》して荒い呼吸を整える。

「まだまだ」

精通を迎えたばかりの小学生男子の逸物は、一度や二度射精した程度ではまったく収まらない。

抜かず三発を苦も無くできてしまう男根は、即座に多喜子の膣洞に移動する。

「ふふ、おサルさん、楽しませてよね」

「多喜子お姉ちゃんだって、必ず満足させる」

この淫乱お姉さまに啓太はいつも翻弄されてばかりだ。たまには思いっきり翻弄してやりたい。

(そういえば、この間、華帆のお母さん、アナルで感じていたけど、多喜子お姉ちゃんはどうなんだろう?)

好奇心を刺激された啓太は、眼下でヒクヒクしている肛門に指をあてがい、押し込んでみた。

「あっ、こら、ひぃ」

「あ、多喜子お姉ちゃん、オマ×コにおち×ちん入れられた状態で肛門に指を入れられると気持ちいいみたいだね。うわ、薄い肉越しにおち×ちんの感覚がある」

不思議な感覚である。面白くなった啓太は、直腸越しに男根の背を押した。

「ら、らめぇぇぇぇぇ」

啓太には絶対に太刀打ちできないかに思えた綺麗な叔母が、涎を噴いて悶絶する。

「へぇ～、多喜子お姉ちゃん、アナルが弱かったんだ」

優越感に溺れながら、啓太は膣内射精をする。

「ああああぁぁぁぁぁぁぁ」

多喜子が脱力したところで、その二つ穴から男根と指を抜いて、啓太は紀子に移動する。

「啓太くん、お尻の穴は汚いのよ」

「わかっているよ。そうだ。肛門に入れるときにはコンドームをつければいいよね」

かつて紀子に付け方を教えてもらったコンドームをすばやく装着した啓太は、紀子の肛門に入れてしまった。

「ひぃ」

「うわ、これが先生のアナルか、やっぱりどの穴も気持ちいい」

かくして啓太は、恩師の三つ穴の処女をすべてもらってしまった。

気持ちよく射精すると、コンドームは紀子の肛門に入ったまま、小さくなった男根だけがスルリと抜けた。

「さて、次はわたしよね。啓太くん」

「あ、華帆ちゃん、ちょ、ちょっと休ませて」

「ダーメ」

華帆が啓太を押し倒してきた。

「あらあら、わが娘ながら大胆ね」

腕組みをした亜矢は、右手を頬に添えながら笑う。

多喜子が、啓太の両手を押さえる。

「あたしも手伝ってあげるわ。小学生男子は、無限の精力があるって言うけど、いったいどれくらい出せるか興味あるじゃない。一つ実験してみましょう」

「そうですね。わたしも興味が出てきました」

肛門からコンドームを抜き取った紀子が、啓太の両足を押さえてくる。

「せ、先生まで！　ちょ、ちょっと、華帆ちゃん、激しい、激しすぎる。おち×ちんが、おち×ちんがもげちゃうよ」

冨永啓太の十二歳の誕生日は、忘れられないものになった。

◉新人作品**大募集**◉

マドンナメイト編集部では、意欲あふれる新人作品を常時募集しております。採用された作品は、本人通知のうえ当文庫より出版されることになります。

【応募要項】未発表作品に限る。四〇〇字詰原稿用紙換算で三〇〇枚以上四〇〇枚以内。必ず梗概をお書き添えのうえ、名前・住所・電話番号を明記してお送り下さい。なお、採否にかかわらず原稿は返却いたしません。また、電話でのお問い合せはご遠慮下さい。

【送付先】〒一〇一-八四〇五 東京都千代田区神田三崎町二-一八-一一 マドンナ社編集部 新人作品募集係

ぼくをダメにするエッチなお姉さんたち《ぼくをだめにするえっちなおねえさんたち》

二〇二二年 七 月 十 日 初版発行

著者◉竹内けん【たけうち・けん】

発行◉マドンナ社
発売◉二見書房
東京都千代田区神田三崎町二-一八-一一
電話 〇三-三五一五-二三一一（代表）
郵便振替 〇〇一七〇-四-二六三九

印刷◉株式会社堀内印刷所 製本◉株式会社村上製本所 落丁・乱丁本はお取替えいたします。定価は、カバーに表示してあります。

ISBN978-4-576-22087-1 ◉Printed in Japan ◉©K.Takeuchi 2022